ROY HAYNES
「感染しない、感染させない。」
お店での感染対策に
ご協力お願いいたします。
定期的な換気のため
窓やドアを
開放することがあります
ご理解ご協力を
おねがいします
バタートースト
ハムトースト
ピザトースト
670
800
750
930
630
カフェオレ
630
紅茶
570

Family Restaurant
HALE
MENU FOR KIDS

# TOKYO BABY

## 東 京 走 很 慢

著者・劉秝緁　攝影・叮 咚

# 序 新的旅人

三年前赴日，沒想到那是最後一次。精神上的最後一次，具永別的意義，是我們告別了單身的自由與恣意。人生自此以一個家庭為單位在前進。從行李箱的分配揭示，打包的不再是每天想像的自己——以前我們會參考要去的地方選擇要穿的服裝色系，設想拍照的情境。

現在儘量簡便，想的是一件衣服可以穿幾遍，心思都在小孩上面，家用佔了箱內的篇幅之多，電熱水壺（開始不再信任飯店提供的潔淨程度）、尿布、奶瓶和相關清潔用品……寶寶外出有三寶，乳液、屁屁膏、泡泡浴，然後還有，怎麼可以忘了以圓弧狀大佔位的奶粉罐。

篇幅細細瑣瑣地描繪了帶小孩遠行的不安。行李打包的是不時之需，想像的是各種危機。

可是我們還是決定要去東京，連兩個月去了兩次。

第一次碰上叮咚確診，我帶著小實度過前三天單親旅程。同時浸泡在新鮮感的我們，以同樣的好奇體驗旅行該怎麼同步，等咚抵達再一起度過一週覺得可以再更長的旅程，意猶未盡；第二次記取上次的不滿足，計劃縝密，卻碰上了小實好幾天的不適應，整個家庭籠罩在哇哇大哭下，好不容易地過了十天。不過因為有了經驗和計畫，抓到了家庭旅行的步伐，或是說，放下了得失心，這次過得更容易滿足和開心。

兩次旅程，都讓我們像是新的旅人。

那麼老的我們卻那麼新，新得不擅走路，推著推車總在花時間找適合的出路，迷路有時是找不到適合的台階下；我們曾經對自由行那麼熟悉，再遠的小店，都可以把路走的輕盈，展覽購物上餐廳，那些旅行本質的歡愉，還請考量彼此的交集，要加上公園、奔跑的草地、有動物更好。一樣

還是自由行，只是小孩坐在旅程的駕駛座上。

我是不能不排行程的領隊，但帶著小孩的行程不停失序，車程要比對睡午覺的時間、路程要是路過公園，抵達的時間無限delay；旅行都變得不浪漫了，要十分算計：一天可以去多少地方？哪些要捨棄？真正想去的是？餐廳裡有多少小孩可以吃的東西？

新手家庭與旅行，讓久違的城市，使用起來變得陌生。

《東京走很慢》講述一對新手爸媽帶著兩歲女兒，重溫遠行的過程，蘊含真實的情緒與靈感，我希望家庭連結到的責任不是只有教與養，關係與娛樂也能有個討論的可能。

獻給所有在顧慮與自由之間，告別「最後一次」之後的新手爸媽，我們都是嶄新的旅人，學會如實地回應生命狀態，你會有你的旅程。

目次

# ① 家庭的快樂需要設計

從新生兒到會爬會走，跟著小孩成長的步伐，我們邁向了不同以往的場所，像是公園、親子館。常常身在其中而感到疑惑，為什麼所有標示給親子的場域，放眼所見會有一排爸媽在旁滑手機，設施多半分年紀就夠精細，很難顧慮親子也要一起享受的可能性。作為照顧者，我心不甘情不願想：為什麼孩子的快樂是父母有點犧牲？

啟程東京，不僅是如以前追逐流行與興趣，而是背著母職的重擔想去看看，日本的育兒環境是如何娛樂小孩也關照到父母的心。

以親子為關鍵字搜尋目的地的期間，我竟然也萌生了好多期待，跟以往去公園只是為了交代的心情不同。想知道展

覽空間，如何兼顧大人與小孩不同的興致與眼界；想看看公園，如何輕巧又迷人的適合親子也有許多情侶來約會；想知道親子餐廳，為何也有許多非家庭客群，就算排隊也會來這個充滿嬰兒哭叫的地方用餐。

我想這些場域，也許是以親子為目標客群，但更透過設計力進一步完備其內涵與娛樂性，因此滿足了更多客群。

之二是行程的安排，我們一開始以過往的方式進行：現地買書看情報，加上一些以前存的星星，隨性的安排。不過，帶小孩需要依循規律的作息，要是隨興所至，把一家店好好逛完才去吃飯，又沒有即刻到適合的餐廳，勢必換來小孩的哭聲不斷，安撫又要找路，心情上也人仰馬翻。

我們對旅行的憧憬，不就是那些存了好久的星星，小品牌、獨立書店、選品店、二手書店……他們多沒有在車站旁邊開店的本錢，都要走好遠。而攜家帶眷不適合奔波換車，浪漫的為一家迷人的小店走到全員潰敗……我考慮的是想去的點與周邊的關係，儘量在推著車能完成的步行之間，探詢不同類別的店。

而帶著小孩，待在旅宿的時間是相對重要的，大小與位置，大大影響了休息的品質。入住市中心，有著下樓就購物的精彩與便利，可是帶著小孩住離中心遠一點，在以住宅區為主的西荻窪時，有我們認為旅行最高的幸福。出門和回家，都有這個地區豐盛的生活感作為款待。以家為單位的旅行，三餐規律、沒有早睡但一定早起，在外奔波，公園要有，去哪裡要過的都只是生活。

兩趟下來，還是會遺憾少去了什麼，也一度懷疑出國的意義。特意選在假日去滿是家庭的井之頭公園，看見了答案。

旅行時不小心就把生活給捨棄，變成追求景點的效率，不跑多一點店，就可惜了住宿和機票。但是，帶嬰旅行是一種生活方式的見習，需要培養默契，傳授一些喜歡旅行的原因。

家庭旅行很讓新手父母沮喪，或者說是，陌生，對比以前自由行的追求有所出入。以此再次提醒我們，自由的限度縮小了，但可以透過設計來展開幅度。

我們一面前行，一面明白了家庭的快樂需要設計。

自転車を除く
一方通行

はやしこども
アレルギークリニック
P
24

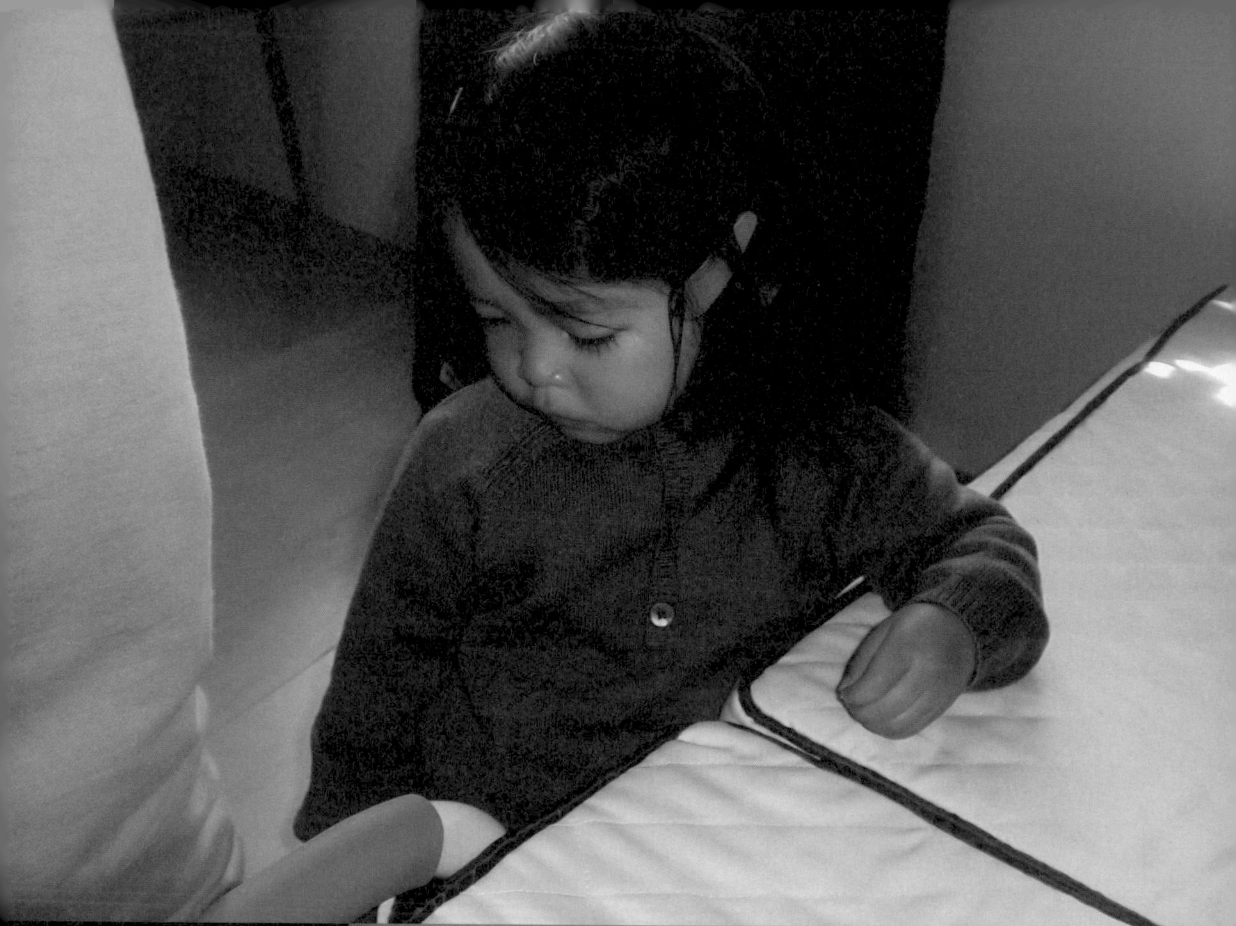

② 

# 爆哭、生氣

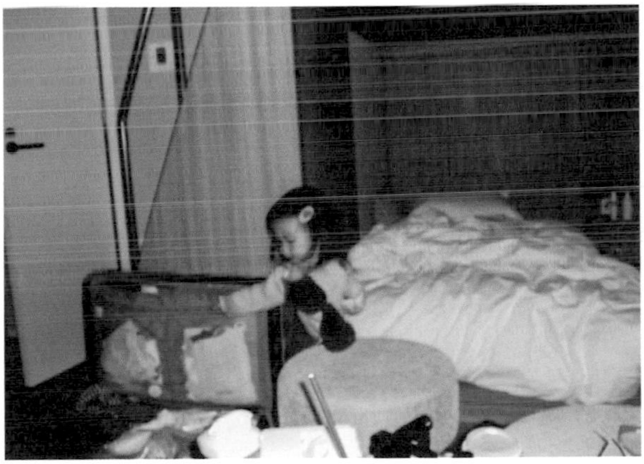

早在這兩次東京行之前，本來是一解封就要出發的。但一拖就過了三個月，只因那段時間，剛滿兩歲的小實，有著近乎可怕的爆裂。

哭泣伴隨著全家都攀升的脾氣，一家時常烏煙瘴氣。這個狀態讓旅行的念頭消失殆盡，沒有人有餘裕去設想快樂的事情和可能性。

哺育幼兒的孤軍奮戰，是源於不懂得面對成長各階段正常的變化。才適應了她的一下這樣一下那樣，再過一陣子，整個又變得不一樣。

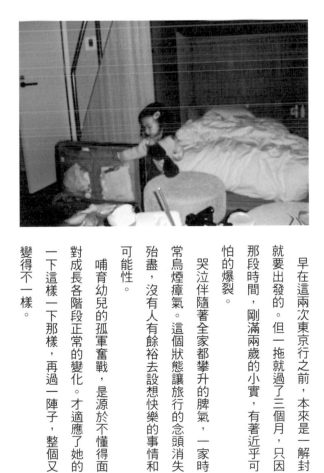

以為找到相處的規律和默契，但時間一過又破格，於是動不動就生氣：「天哪，我根本不認識這樣的自己。」不認識在極端遊走，一下在遊具上玩得好開心、一會兒氣得想把小孩丟在公園的自己。

在身體跟不上認知成長躍進的時候，小實很容易因感到挫折而哭泣。書上說是「人生中一個情緒與身體都混亂不堪的時期。」書上沒說的是，父母也相對應一團糟與失序，才明白原來穩定，是整個成長期都不用有的奢侈念頭。

兩趟的東京行，剛好有著兩種狀態交接的比較級。大概會猜測是第一趟有許多不適應，所以糟糕，第二趟得心應手，所以順遂？

小孩的天性影響一個家的走向，小實明顯是渴望征服新鮮感的那種。第一趟的陌生沒有讓她退縮，反倒升起無以名狀的勇氣，很努力要摸清這些未知的意義。在前三天與她單打獨鬥時，特別能感覺到初生之犢其實善於適應。

她不怕走路，在東京，動輒十分鐘的路程，對於期待的目的地，放著推車不坐，寒風凜冽也要大步走；她很容易感到好玩，公園裡就算只有一個熊貓坐騎，也可以搖到停不下來；她要的很簡單，只要有白飯和海苔就可以成一餐。她展現自己多麼適合旅行，擁有動力與好奇，陪伴著比較多不確定的大人前進，超乎我預計。

一個月後再次旅行，實自我意識發展得越加猛烈，她好像很開心終於找到一個方式，透過語言與大人建立共識，在共識裡發展與構築自己。

這個建構過程是，會重複大人的敘述，但那可能不是她想表達的，覆述是她確認話語的使用方式，而我們常誤以為是。在被勸阻不可以時，受傷的她轉成一個很兇的神情，挑釁地換動作詢問：「那這樣可以嗎？」彷彿在伸手試探，確定這個世界的邊界；不再是被決定的她，多有主見的喊著：「我要〇〇」，緊接著「現在！現在！」，想要的意圖是什麼呢？

真正想要的又是什麼呢?很多時候,到手後馬上就不要了,但是即刻滿足是她確認自己的方式。

很多數時候是可愛的:在掉一兩個字地覆述大人的話語時、在用自己的邏輯組合意義時、在對周遭人事表達自己的感受和定義時,這些字句彷彿一種長大的憑據,我一字一句收錄在備忘錄裡。

但也時常無能好好說出需求的原委,大人要偵測真相。比如,很多時候不是如她口頭喊著的要去哪裡玩,而是累到需要被哄睡;不是真的要離開所在地,而是肚子餓了。小實明顯地會使用尖叫、有意識不停歇的哭泣。我們好言相勸不成之後,常常針鋒相對。好幾天,在寧靜住宅區的街角,有著爆裂小實的哭聲徘徊不絕,伴隨著父母對接下來旅程的絕望。

那麼密集的兩趟旅行,展現一個兩歲小孩在成長階段擁有的不同特性,大幅度地影響了旅行的品質,大人之間有好幾天氣到彼此不語,最後一天責難的放棄想去的地方,終於情願讓休息成為行程的一部分。但是也思考,難道要等她不哭的時候再啟程?

回台灣後,小實延續著爆破性aka成長的不安定,一家有著穩定的失控頻率,一面慢慢找到解決的出口。遂回想,既然陣痛是成長的必經,比起伴隨著柴米

油鹽度日，不如哭完後繼續在旅途上探路，磨合得比較開心。

我們在旅途上累積的回憶關鍵字，時常在往後聊天時被提起。那些對大人來說的平凡，對小孩新鮮的不得了。

只是走過登機通道、只是穿到旅店拖鞋、只是在電車上握到把手、只是，很小的只是，你知道嗎？都在擴充小孩腦袋裡的皺摺。腦從來沒有停止變化，新的體驗會產生新的神經連結。

我尤喜歡她會看著窗外的樹，說鳥出去玩了，飛去日本。

日本對她來說，成了去玩的代表，連鳥都要去。

一本以腦神經分析「開心」的書提到：「意外的體驗或回報，會影響多巴胺的釋放量。越出乎意料之外，我們越喜歡。」新奇事物對腦的正面影響，是大人小孩都受用的愉悅與成長。

育兒就像活在未知、未定義裡，父母最難的是在已知與未知的交界，跟著孩子的發展發現。

也才發現，旅行對於家庭的意義，是在協助我們度過成長的不安定，為育兒力求穩定且重複的日常，創造驚奇而愉快的路徑。

# ③ 除了熟悉的被被，書也是安心感的存在

街の通りから、怪物たちはいなくなっていました

從西荻窪換宿到下北澤，一個沒有被小童叫醒的早上，陽台傳出唸書的聲音。小實唸的不是我唸給她的劇情，而是以熟識的人名代稱國王、皇后和小王子等角色，將自己投射為主角。就這樣，第一次讓我甘願起床的不是鬧鐘聲也不是夢想，是小孩唸的故事聲。

驚奇地跑去陽台聽她唸故事，她竟收斂起剛剛大聲唸書的高昂興致，收起自己為主角的想像，回到照本宣科模式。才驚覺，我打擾了她自己的時間。

她唸的是前幾天在吉祥寺MAIN TENT買到的《One Monday Morning》（星期一早上），故事以一個不在家的小男孩為開展，一路從星期一不在到星期六，字句以同樣的排列方式遞增出場角色，劇情堆疊到星期天，以小男孩終於在家為高峰作結。（在此就不討論字句之外，透過圖像所呈現的隱喻）

擁有重複旋律的故事，是我給小實唸書，最有反應的類型。這邊說的反應不是捧腹大笑，或是進一步討論劇情，而是因為重複，記起了字句，這樣令她彷彿握有了故事脈動。她從被

動聆聽，自然地投入為一起唸。很像是跳繩，小實在一旁看熟了旋轉的弧度和轉速，就跳進來了。在《星期一早上》這本書，小實會隨著逗號與劇情，用轉折的語氣，跟著唸書中重複了七次的「可是，我不在家。」，眉頭皺成了八字，自己唸出了圖畫呈現的隱喻。

生小孩之前，我不太確定親子共讀的必要性，因為爸媽不常在家的小時候，我是電視陪伴長大的孩子；而婚後的家裡沒有電視，對於小實最有吸引力的就是書櫃，書以一種安靜而親密的方式，令她大開眼界。我後來才發現，唸書給孩子聽，是在透過語言陪伴她建構逐漸成形的世界觀。翻閱近幾年的「台灣幼兒發展調查資料庫」報告中，顯示出台灣極低的親子共讀比例，三歲以前的幼兒，有絕大部分都已經習慣了3C，這背後當然有許多影響的因素，絕大部分可能是時間不夠或誘因不足。

在旅行中特別渴望相處和平的我，發現了這個極大的誘因，唸個故事就不用大發雷霆，順著故事的流動來安撫情緒。就像我們大人看書看電影，那裡總是能安放另一個自己。

對於正在建構世界的孩子來說，他們逐漸透過感受，獲得「領悟」的能力。領悟是無能被量化的一種智性，感受角色傳遞的訊息、同情情節裡的情緒，進而去臆想和推測。這是我們的本能，是考試至上的文化很難授予或讚賞的才能。

我很珍惜。一起看書，是幼兒密集相處時期能有的餘裕。日本繪本之父松居直說：「用耳朵聽媽媽唸詩，用眼睛看著插畫，那是我的母語基礎的源頭。」

這個默契建立起來，令我們在稍微不順遂的時候，有一個溫柔的出口，將情緒導向故事的情節。

不只是書，默契也可以是一首自己編的歌。我編了一首從小baby唱到現在的睡覺歌，當小實熟悉歌詞之後，只要輕輕唱一句，她就會接著要把整首歌唱完，就像拋出故事熟悉的劇情，小孩是最容易入戲的戲精，當爸媽要快樂的秘訣，就是請一起入戲。

在買到《星期一早上》的隔天早上，過早起來的實喝完奶，因睡不足夠準備要起歡，但好險提出了看書，我們在天未亮的床榻上，看不清楚地翻著書頁，唸到今天也是星期六早上、小狗也來的時候，她笑起來說：「小狗在笑。」她跟著小狗瞇著眼睛笑，好可愛。

我們就這樣化解了一場悲劇的可能，笑著開始早晨。

But I wasn't home.
So the little prince said,
"In that case we shall return on Tuesday."

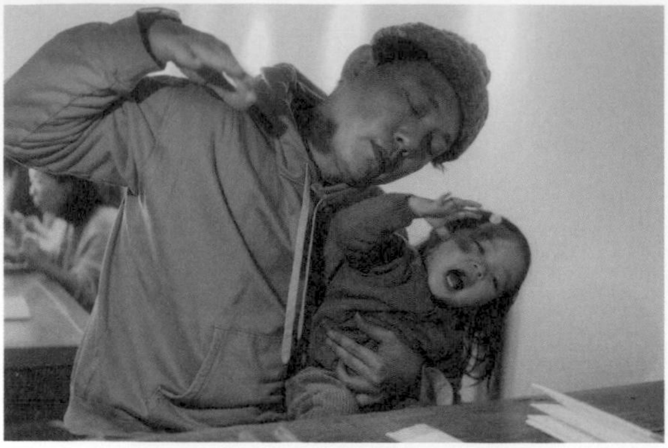

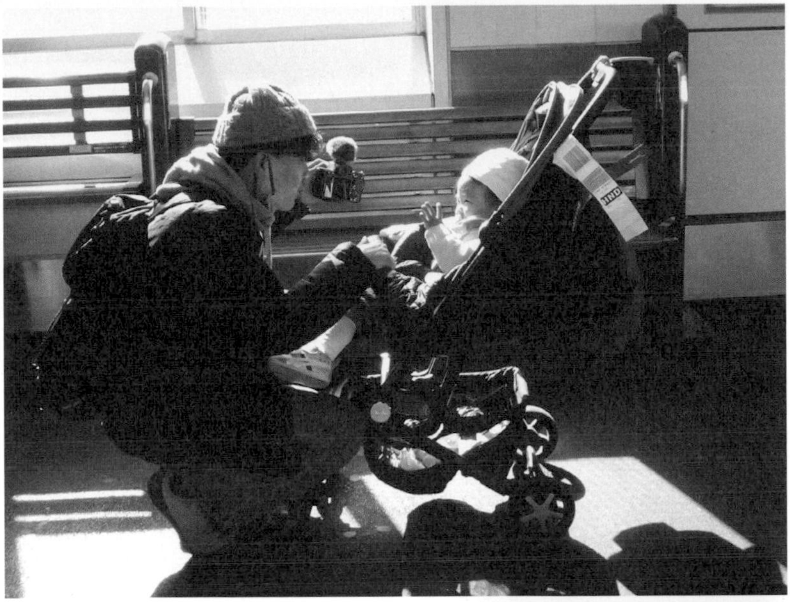

# ④ 以喜歡比對地理數據

和東京在住的朋友討論小孩睡覺的時間，他們會讓小孩有回籠覺的時間，睡得很長，再繼續外出行程。做為旅人的我們，一旦外出了就是一整天，晚飯後才回家，小賁幾乎都是在推車上午覺，長至兩小時，有時短至半小時。

實的原廠設定是快充型，就算只睡半小時，一旦醒了就堅決不睡回去，常常醒來還有種「我剛剛怎麼睡著了？」「我是不是錯過了什麼？」的樣子，我常常羨慕那些吃到睡著的孩子，她總是捨不得休息，一直找向新奇。

經過兩次近十天的旅程下來，我檢討已經降低的慾望還是不對的。帶著小孩疲憊的不只是日行萬步，還有心理諸多要照顧的因素，那比步伐還重，減少行程即是減輕負擔。

第一次我們相當隨意，抱持以往

旅行的態度，隨興而至，去以前去過的地方就好。但那個隨性的結果並不理想。

第二次認真做了規劃，規劃的方法是以星星密集處決定要去的地方，降低走好遠才到一個地方的疲憊。先鎖定想去的大方向，比如吉祥寺、井之頭公園，再放大看周邊機能。從車站到公園的路近一公里，不算輕鬆，但一路上有麵包店、玩具店、古繪本屋、生活選品店……，分散了一公里的路程，就可以請地圖估算星星之間的距離，做最後停留的選擇。以喜歡比對地理數據，計算出一家都受用的行程。

倒也不完全是一個如意算盤。通常記下了五家店，大概去的了三家就已經是極限，時間和體力都還充足的狀況下，常常有些店近在眼前，再走幾分鐘就抵達，卻因為小孩的不耐，要快步離開。喜歡是會被無條件壓縮與捨棄的，我學會路過好多想去的店而不入，那種感覺像過篩，篩出全家的交集之處。

而在滿足大人的行程中，一定要包含一個小孩的場所。不論是童書店還是文玩具店，都沒有公園得以讓小孩的手腳舒展地那麼爽快。我會在想去的區域搜尋「公園」，但日本標誌為公園的地方有時只是草坪的「芝生廣場」，小實後來學會問：「那裡有玩具嗎？」，必須要再輔助搜尋「兒童遊具」來確保一定有得玩。

本不在計畫裡的「公園」，因為小孩騎乘在各種搖搖動物上的快樂模樣，讓我變得期待「會遇到什麼動物呢？」，甚至是設定一個古老的恐龍公園為目的地前進。公園讓她放電，大人也得以在奔波之間休息，有時也只是，靜靜地牽著她走好幾圈健康步道，遠看著佇立的大時鐘，計算我的耐心還可以在這裡多久，久到我放下慾望，就只是讓她帶我感受東京的喘息與可愛。

東京可以走得很慢，慢在渲染彼此的快樂與喜歡。

（行程表與它被刪除的慾望）

2/15｜WED｜DAY1　機場＆人形町

11點30到機場

在日本橋附近混

~~咖啡｜Parlors~~

~~雜貨｜minä perhonen elävä Ⅰ~~

~~家具雜貨｜~~

~~午餐（三種備案）｜魚釜 日本橋 山町店~~

~~Iseju伊勢重~~

~~Au pas camarade~~

人形町今半 惣菜本店

公園｜久松 童公園

麵包｜Beaver Bread

咖啡｜CITAN

16:00 Checkin Laffitte Tokyo WEST

晚餐｜湯氣

宵夜｜戎

~~澡堂｜天狗湯~~

2/17｜FRI｜DAY3　吉祥寺

公園｜西荻北中央公園

~~午餐｜茶房 武藏野文庫 小鉢と日本酒 たとえば~~（沒開，吃對面的棗）

~~12:00~14:00下午去井之頭自然文化園（動物園）+迷你遊樂場~~

~~麵包店｜Dans Dix ans~~

童書店｜MAIN TENT　10:30-17:00

家用品｜CINQ（サンク）11-19

~~道具與定食｜Sippo　11:30-20~~

~~書咖啡｜fuzkue~~

只去井之頭公園踩天鵝船

回西荻窪和Haru吃晚餐

やさい・くだもの
小高商店
丸高青果二号店

自家焙煎
どんぐり舎
どんぐり舎

おもちゃさん
大福
PEPPER
BAGS

# ⑤ 吵起來了

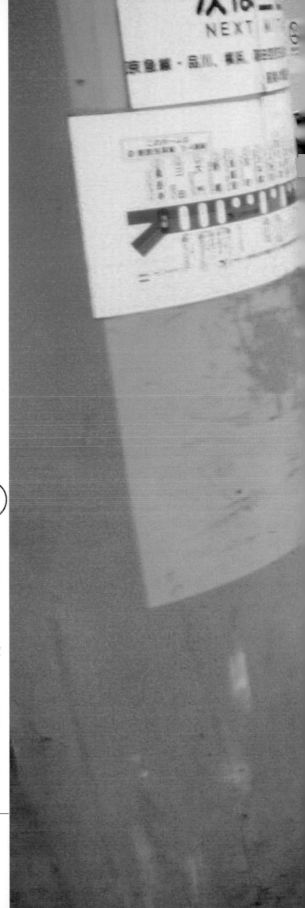

我覺得都是他的錯，他覺得「你怎麼不怪她（小實）要怪我？」。我想找個人怪，責難著將情緒推託，但這樣並不會讓狀況比較好過。

推車走去車站的路上不語，推車裡的小孩持續哭著想要的東西。大家都有自己宣洩的方式，這種沒有對錯的事件在生了小孩之後很多，在目的為快樂的旅途中，顯得既淒涼又失落。

仔細回想，每個衝突越演越烈的關鍵就在於怎麼收拾情緒，關乎一個人、這個年紀怎麼使用語言與對應。吵起來只是因為在路上，咚說了一句「那裡有兒童館」，實只是聽到什麼就會有執念要「現在！」到手，我只是聽到哭聲就會想用怒氣壓制。

哭聲與怒氣僵持不下去，咚夾在中間久了，也自然找到出路。

曾經一個國際育兒專家分享多年來的諮商觀察：「面對危機的處理方式，就是給小孩最好的見習。」咚常常以身作則給我指引，我很尊敬他總是平靜地想解決方案，知道孩子再怎麼用力哭泣也會平息，所有的爆裂回頭看都是一個瞬間而已，撫平情緒最好的方式，就是提出一個更有吸引力的「現在」。

「去走走吧！」、「看看這個東西！」、「要不要玩玩看這個？」這是他的本能，就像他時不時對我們的生活提出好玩的邀請、工作時能令一群調皮搗蛋的小模特兒自然地拍群照。創造快樂的情境，一直是他照片裡有幸福感的秘訣與努力。

總是在一旁受教的我默默下了結論，在小實長成一個更好的小孩的路上，我首要的只是，冷靜。

出入口
Entrance
1
千代田線
Chiyoda Line
C
16
西日暮里駅
Nishi-nippori Sta.

新宿
クリニック
0120-4390-17

0120-4390-17

# ⑥ 只要有白飯 和海苔就好

抵達東京的第二天晚上，還在新年假期，預定要去的店家都還沒有開，是訂下目黑住宿，以為在鬧區而無需擔憂飲食的我沒料到的！

傍晚，待在蔦屋書店的我已經精疲力竭，小實則還保有旅人的新鮮與好奇，在兒童館興奮地取書要我唸。隔壁有組爸媽和小學的女兒用放大鏡看遊戲書，看得好仔細、唸得好輕聲細語，而我這個偽單親的媽媽第一次在書店沒有激情，只是不停的滑著手機查看晚餐的下落不明。

整個T-site的西式餐廳都不行！一樓高朋滿座的 Ivy Place，親子快樂吃著漢堡薯條、切鬆餅的畫面，套用在我家大概是媽媽一人完食全部、小孩加點麵包吃三口後喊著要下去要回家的悲劇。

然後隔壁同樣坐滿的是三明治輕食店，要是此刻我一個人，兩家都不會是壞選擇，但做為媽媽的我是最膽小的旅人，同時懷有控制欲，不忍悲劇破壞興致也不願就近，沒有猶豫就放棄。接著在園區最底的超市FOOD&COMPANY逛了兩圈，決定下手擁有多種品種的地瓜「焼き芋」的秋冬企劃，今天是嚴選鹿兒島高甜度的，放在黑色的燙石上加熱，怎麼看都是餵（搪）飽（塞）小孩的好選擇，不料在蔦屋一樓庭院睡午覺的小實，被狗狗吵醒後只想喝奶奶壓驚，塞了那麼香甜的地瓜給她只吃了幾口……

中午，我們已經在書店裡的Anjin點了那份糟糕的薑汁燒肉定食了，幸運的是小實在旅程中的挑食彈性變柔軟了，那過分調味的醬汁與飯，她很努力的每口都吃完。因為中午我們到處找了好久才覓得這個有位置有飯的餐廳，她肯定又冷又餓，知道能吃到飯是多麼不容易的事吧。相較平常總是為選食擔憂在前的我們，孩子時

間到了就有飯吃，因而有餘裕選擇吃或不吃，覺得反正還不太餓、反正還有下一餐吧。而和媽媽相依為命，她彷彿從那個0.5的個體，茁壯到近乎1，她不再是被兩個大人呵護的小孩，在來來回回找餐廳的路程、喊著好冷好冷的體感，她也有自己為生存而做的忍耐和探詢。

一起找到「終於有飯」的快樂，累得要命終於坐進室內的溫暖，眼前只要能吃到熱呼呼的飯，就已經足夠。而鬆懈下來變成旅人模式的我當然很不滿意啊（只剩下的沙發座位區一個大人要加¥500座席費），卻因為她一口又一口的吃下去，而感到還過得去。

回到苦惱的下一餐，從Google Maps營業時間來判斷店家有沒有開實在太危險，因我本來預定要去的店都一邊大門深鎖一邊顯示營業中。我開啟Uber Eats交叉比對（媽媽容易嗎），選定了阿夫利，走路可到，又有白飯，不管它只有高吧台的位置了，那邊是車站，也還可以有其他備案。

在一段飢寒交迫的路程後抵達店，小實樂得坐在高吧台，儘管服務生貼心的說後方有小孩座椅可以使用喔，點了白飯給她配我拉麵裡的料，殊不知她只要海苔包白飯就好，柚子湯頭和叉燒都不要。就這樣再去加點了海苔，一份有七片，一張海苔可以撕成三片，對折包一筷子量的飯，是一個兩歲小孩一口的大小，就這樣把一碗白飯吃完。一點也沒有要吃不吃的脾氣，還對日本的冰水喝得很有興趣（實不愛喝水）。

我也就自己完食一碗睽違三年的柚子拉麵，已經不會是令我著迷的滋味，但是對這家店在祝日營業並且提供白飯與海苔感到感謝。

睽違三年的旅行，人生首度與小孩遠行，嚐鮮的勇氣已經變少了，小孩也沒有因為出國變得比較愛吃，而是我們都願意在體感的極限與陌生的環境中找到妥協。一個月後看到俞萱說，「我們的愛和恐懼，別擋在孩子和自然的真實互動之間。」

選對餐廳的確很難，畢竟這關乎一家人的口味，一個媽媽的心上要放進多少人喜歡的菜？而因為旅行而稍稍放鬆的不只是大人的禁令，我也趁機試探這個小孩願意在旅行的新鮮感中，釋放多少彈性。

在去完動物園之後去吃大腸鍋，發現小實不但對嚼勁十足的大腸很滿意，也喜歡店內同場加映的串燒，堅持要自己吃下竹籤上的內臟，為我們往後餐廳的選擇打開不少。

第二次的東京行，我們更大膽地上法國餐廳，可以慢慢吃飯兩個小時。她不是因為旅行有耐性或愛法國料理，而是感染了旅行的氣氛和大人的期待，面對第一次嘗試的白子，一口一口還要。

那個彈性會是我們往後旅途中，快樂的默契。

# 黑青 ⑦

單親母女抵達東京的第一天還在祝日，和小實奔波找到合適的晚餐，一起吃一碗拉麵，疾行一公里回住宿，跟她說：「我們回去羅馬人！」讓她打起精神，我也是。

用衝的跑向電梯，但小心翼翼、好奇地走入布簾後神秘的更衣室，旋即用著腳要把鞋子趕快脫掉。她是那麼期待要靠近自己在《羅馬浴場》裡看了那麼久的「泡湯」——對我，是重溫舊夢；她則是還在經歷許多「第一次」衝擊的年紀，這刻是神聖的，要與未知相遇。

更衣室裡沒有人，我趕快把衣服脫光做示範，因為沒人，會像在私領域而沒有違和感嗎？我每次都覺得在泡湯前的更衣室裡袒露，是因為旁邊的人都這麼做而不害羞的集體行為，將以往獨自的行徑轉為群體共同遵守的意識，真是神奇，實也能感受到這份轉換的變化嗎？

自己把衣褲一件件脫掉，脫到只剩尿布時，我才叮嚀：等下不可以尿尿。

總算拉開門，投身溫暖瀰漫的霧氣之中，實的迫不及待，用笑得全身扭動展現。這個笑容牽引我一直一直帶她來。

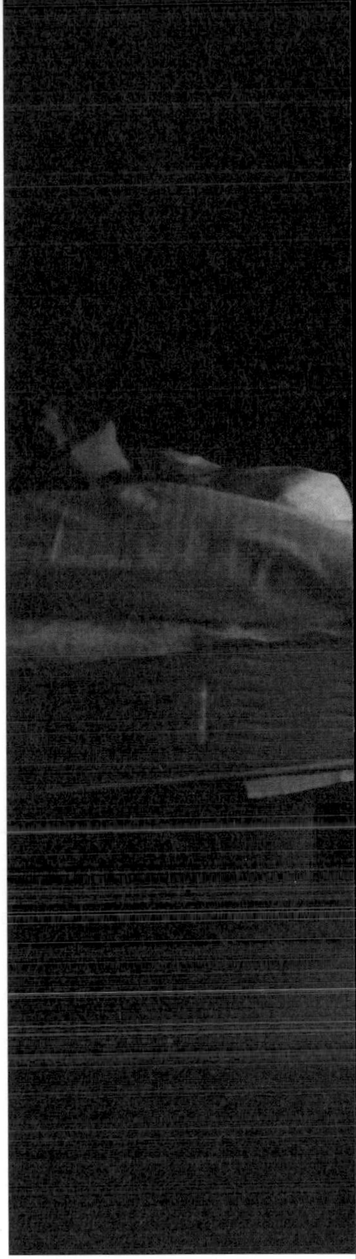

泡湯是生疏的，畢竟已經三年多沒有來了，我甚至忘了拿沖澡盆，就坐到半身鏡前搓洗。這家的按壓式水龍頭不分冷熱，只有單一個，我生疏的還有一面幫實洗澡，一面也幫自己搓洗，很怕冷到，但又很仔細，怕帶泡泡。

她倒是新鮮的接納這些生疏，急著就要衝進熱水池裡泡，如同她往後的每一次那麼興奮，重新為洗澡這例行公事感到狂熱。但影集裡觸碰不到的水溫，對平常只洗溫冷水的她來說，實在太熱。

退縮在池邊，我將冷熱池的水各撈起一些往她身上倒，試水溫。沖個兩三回，提高身體的體溫，和體感的接受度。

熱池上漂浮著木頭質地的圓球，小孩子的天真在於看到任何玩意都想拿來做玩具，拿一個給她握著，繼續「熱身」，忍不住，急於下池了。

站在第一階上，小小的身體僅有泡到下半身，成功向成為羅馬人邁進一大步，以為是球池嗎？為了想玩更多顆木球，她走向水深處。角落一個姊姊將木球推向她來，因為玩球而忘卻熱騰騰的水溫，小孩的玩心與分心，運用得當，可以一起完成許多體驗。

泡在一旁的我好像一直在擔心，擔心她會熱昏，擔心澡堂即將關門，跟實說該出來囉，還要去沖洗，她不要，還要繼續泡。好可愛。

10:11 回到房間床上，在冰敷。

小實數著1—2—3—4—5。

方巾包裹著冰塊，敷在她右眼與鼻翼之間的小凹槽。

小實的泡湯初體驗，以傷兵之姿哭著離場收尾。

這位堅強的羅馬戰士，與池水驍勇善戰到最後一刻，從半身到全身浸入熱池裡游動，十分盡興。不料卻在起身再次洗澡，等待媽媽沖澡的時候，打滑撞上水龍頭。

我不曉得怎麼做到擦乾換上兩人的衣物，

一瞬間我們就回到房間了。

打給前陣子小孩也撞成金魚的Annie求救，小實是聽Annie的話，才願意在身體泡過溫熱的極限之後，又讓冰得刺痛的冰塊觸碰的。冷靜數著五秒就要拿開一下下，再繼續敷個五秒。

旅行第一天就留下了，快樂且痛的記號。問這個傷兵還要不要去泡（回戰場），她很肯定地表示：「還要！」

認識了受傷過後依然強壯的她。

小孩擁有什麼都不怕的本領，害怕是向大人學的，大人的「不可以」、大人的恐懼、大人的保護和小心。

雖然心疼她臉上就此帶著黑青，但這個印記成為了她內建的提醒，為往後每一次等媽媽洗澡時小心，那是屬於她對自己的保護，不再是我的耳提面命了。

第二天住宿沒有提供女湯，我們在浴缸裡的開心沒有少。

我們不知不覺度過面對洗澡的煎熬。那段害怕提起要洗澡、進浴室就要哭泣的時刻，就這樣被她的開心所取代。

回顧一個兩歲嬰兒的洗澡史，在澡盆裡學會玩水不久，便習慣了洗澡就要哭泣，洗頭是大忌，擦臉更是肉搏戰，才能把眼屎擦乾淨。朋友曾建議去看有關感官的醫生，可能是太過敏感。可是我覺得真要是病，更要日積月累地去建立才能痊癒。

那些希望趕快過去，卻又為偶發好好洗澡而感動的夜晚，也真的很快就過去了，現在回頭看，被困住的都是當下在與「正常」比較所帶來的不快：為什麼她動不動就哭、為什麼不愛吃飯，關於一個人喜好的為什麼，實在很難有正確答案，當我正視她為一個人，而不是一個難搞的小孩，就能平等地感覺去尊重她的情緒。讓生活習慣推進，會為你提供更寬廣的視野去看待可能的答案。

那句「有一天，小孩就長大了。」的那天，不是憑空而來的，那是我們一起經歷過的對質，學習彼此對事件的反應，一起看《羅馬浴場》，累積而成。

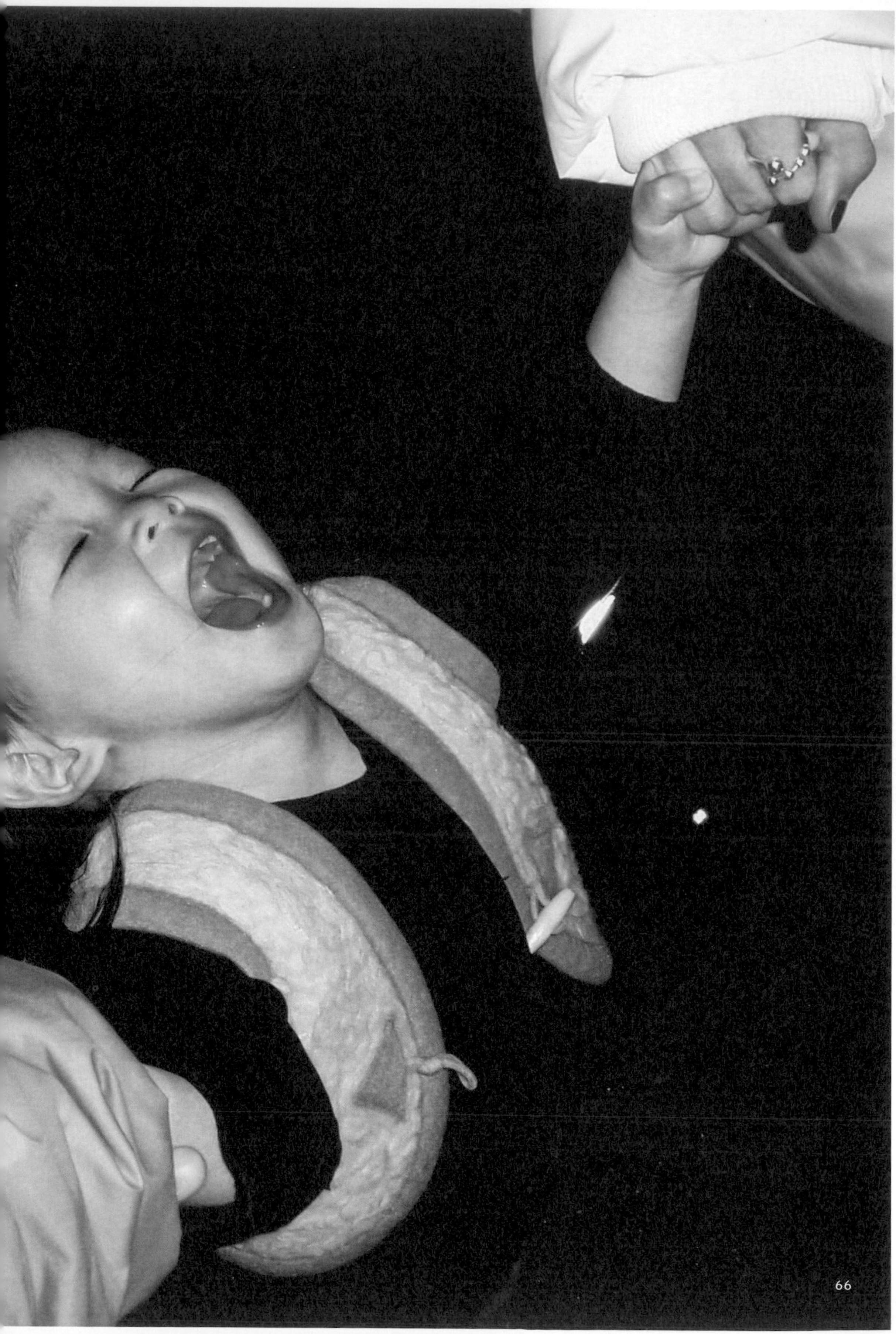

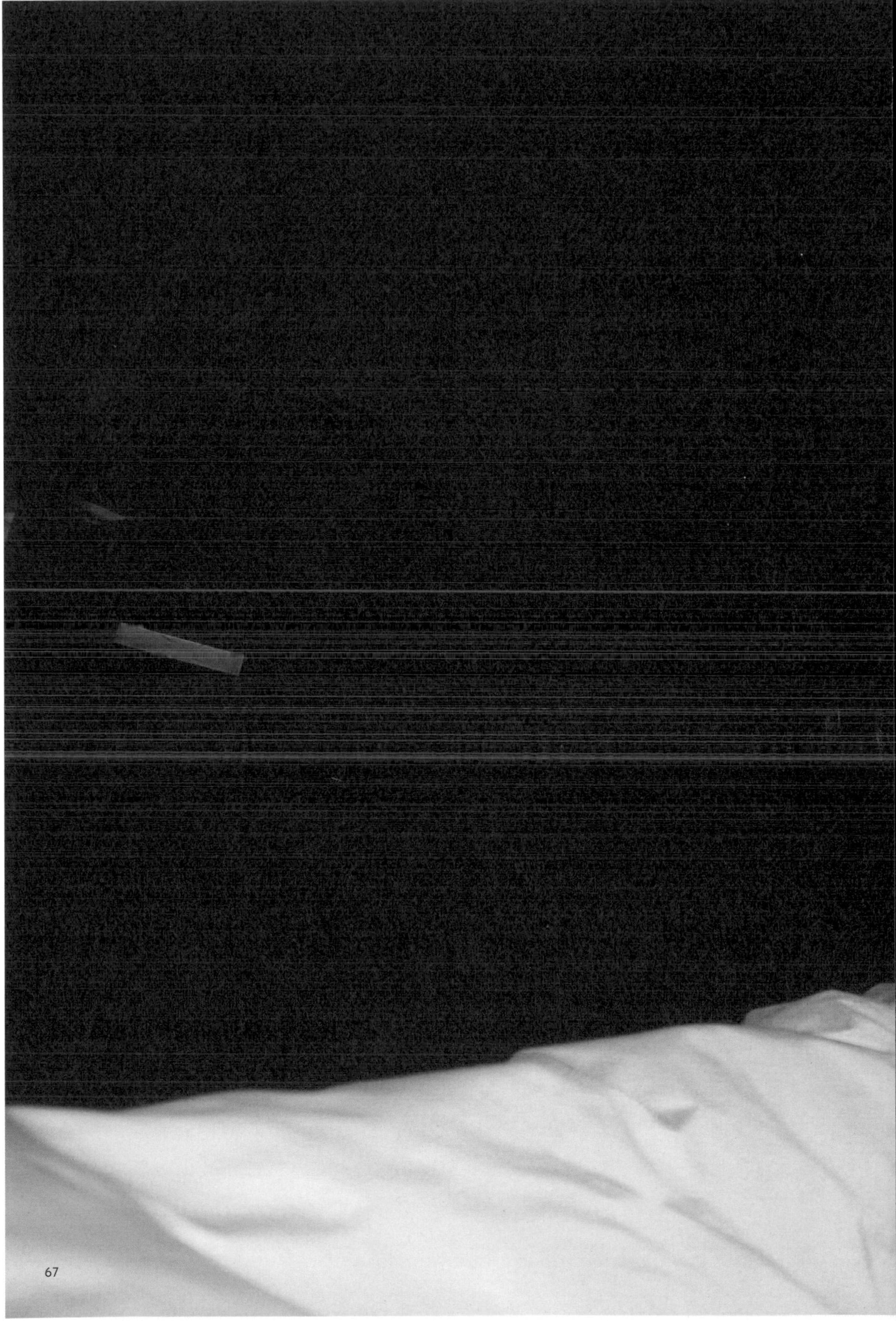

# ⑧ 一個人的下北澤時間

我說「只有兩分鐘而已！」

咚說「這麼近，你快去！」

哭哭啼啼，實快要不行了，咚就地買晚餐回去，讓我自己去逛街，他要自己把小實帶回住宿去。

珍惜著獨處的時間，不浪費眼睛再過多的淘汰與挑選，一家店的品味不用翻好久才確認不適合。在下北澤，去走了一圈滿室vintage的街弄，一面煩惱這裡好不適合親子，有種堆積著灰，要吹開才能看清，像找一件迷人的古著已經不太容易的感覺。而我對古著的價值感也不同了，已經不是年輕時講求個人風格，我希望古著的價值是有品牌的歷久彌新。

跟著地圖上的星星指引，第一次離開了熱門的街區，開在周邊幾乎寂靜的古著店balloonbala沒有讓人失望。那間存在清單上的CK針織上衣，V領口的弧度果然是以前的好做工，沒有一點鬆脫的痕跡，並且沒有太過流行的寬或太低，符合優雅的露出比例，將肌膚展露的得體。還試了一件光澤感的百褶長裙，在這裡重回找東找西的快樂，不為時代更新而淘汰，做好質地，沒有任何圖樣，而彌新。

回程還逛了一家戶外樓梯指引上去的頂樓書店，一室室展示日本各地的獨立書店的選書。

印象深刻是他說歡迎拍照，「book is amazing」。跟多數擔心拍照的書店不一樣，畢竟不會買就是不會買，不如用拍照分享出去？

因為覺得好像去不了席勒的展，於是買了一本畫他和Edith的畫冊。還看見《家族》的編輯者出版了自己的記事文庫，封面和書背的照片使用的手法新穎，整本書店只有他這樣子的那種。我真的很喜歡他們，也好開心能在書店再見到他們的作品。像第一次在蔦屋書店遇見《家族》時一樣，有緣分地進入眼簾。

在看不懂的文字裡，總會有新發現，我好喜歡書店。破格的靈感在此與你相會。

去到好晚了，在Bonus一個人吃客滿的越南餐廳，紅酒soda的醉意滿臉通紅。外帶了飯、炸春捲和炸玉米回家。為我離開的那段時間贖罪。

再次見到咚，他有度日如年的感覺。而我煥然一新，神采奕奕。獲得咚照顧的那段時間，是旅行必要的安慰。

盡興的探勘、搜尋與發現，這是有了小孩的旅行無法專注的事情，我如何能好好每一本書背去讀取，如何好好摸索每一件衣服的質地和想像搭配。

一家人的旅行，需要釋放一點獨處的機會，輪流陪伴小孩，輪流呼吸新鮮空氣。隔天就能，再一起繼續。

29-17

# 筆記本裡的日記 ⑨

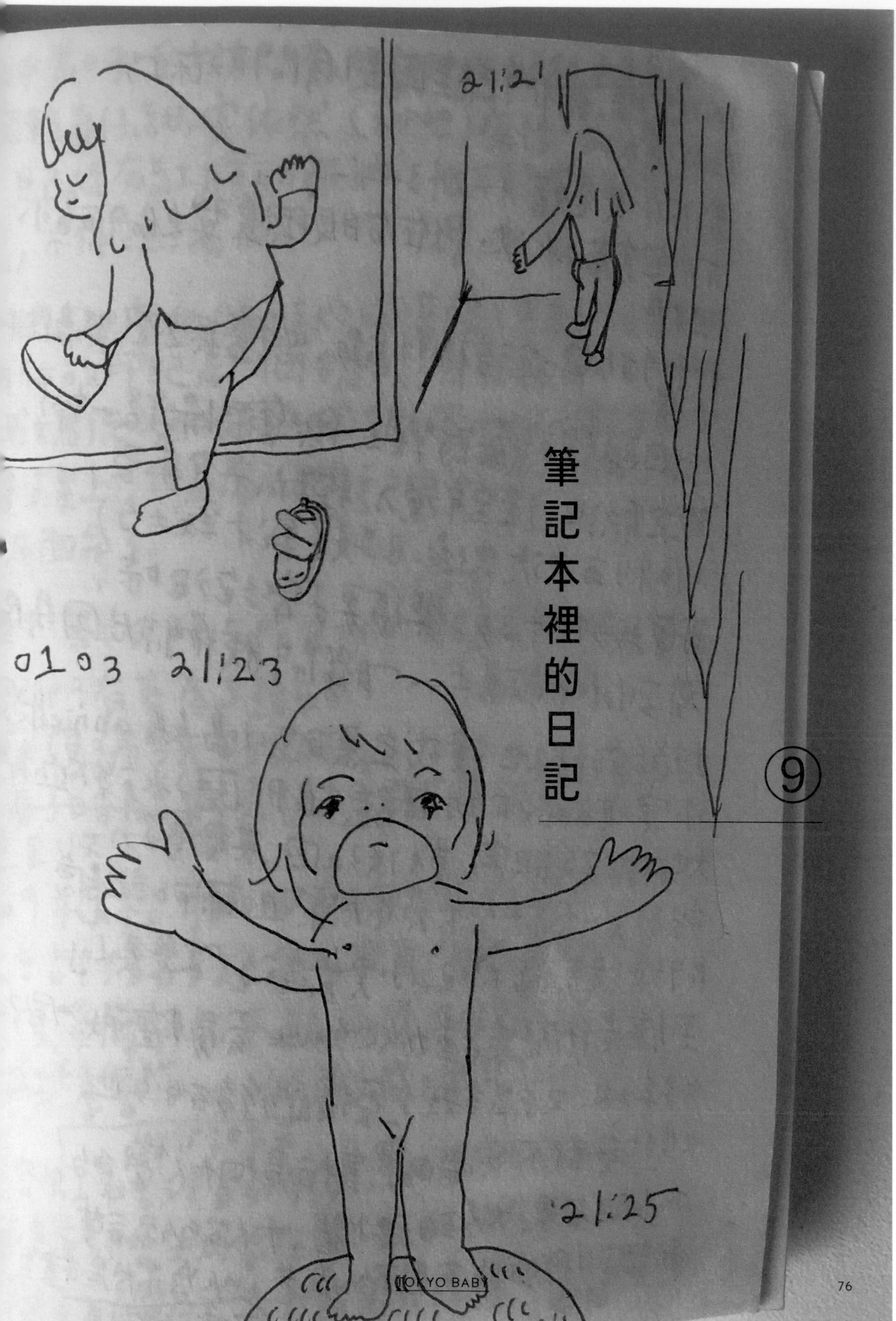

她迫不及待要鑽進池裡，如同她很後

01/03 | TUE

實在下機的skyliner上說：「我昨天，搭飛機，一邊吃包包，一邊吃飯飯。」（發生過的事，就算是早上，小實都會統稱為「昨天」）。

日本友善小孩的都是外國人，保持距離好像是他們的社會文化。後面的乘客大叔抱小實上skyliner ，因我雙手推著兩件行李上車，小實在月台遲遲未跨上車廂，小實如平常怕生人而反抗，快速跟上，心情愉悅，整趟車一直大聲講話。把包包內裡的狗狗、皮卡丘當成她的夥伴，疊著坐好。還說「我在看太陽」、「忘了戴眼鏡了，在家裡」。

在日暮里鎖行李，決定在這裡透氣。這站比想像中熱鬧，決定跟著行人走，一對銀髮健康時髦的奶奶停下來誇小實「歐夏蕾」，那時我們回頭買了經過時很多人的麵包店中像餅乾的西點，實停在陽光很好的停車場，跪下要在這吃。她很快樂。奶奶停下來說話讓她很好奇，也沒有對生人抗拒。奶奶說要去前面商店街。是那個日暮的街。後來才想起來。很開心打給爸爸要去找公園野餐，就開始都找不到了，只有墓園。遇到咚粉家庭，互祝順利。然後就三點了，我問實去吃飯好嗎？很驚訝她同意。在門口有好多料理模型，她指著要飯飯，明確。

晚上八點半點才到住宿，九點我們就啟程要去泡湯，實幾乎累得石化，到店門口時已經要爆發。

只是文化湯泉太棒了，深木色為基底、奶油燈、熱氣比酒精朦朧了時間邊界，小實在這裡大開眼界！各種洗澡的方式、身材的姿態，令兩歲的她目不轉睛，盤算等下要做的事情——瘋狂按壓水柱、淋身體。

入湯，翡翠色的nano湯滑滑的，還有霧白色的質地，等不及她試水溫，我已經全身泡進去，鬆爽無度。不洗熱水澡的她一直試著要再泡多一點身體進來，眼神超期待自己能成為合格的羅馬人。

這是母女才能一起做的事耶，頓時有了生命很美的感動。

好可愛.

## 02/18 | SAT

### 終於泡到湯。

TAKAO599四點就不開放入場了，再次讓實吃閉門羹。轉而在館旁溜了好幾回的滑梯，拿樹枝學路上看人拿的登山杖，說要走去「羅馬人」，讓她提起精神。來到了「高尾山 極樂湯」，我們的浴湯史上最滿載的一次！

四點半，實的興奮已經疲憊，在賣票機前就準備要把褲子脫下來，不，是已經脫下來了，跟她說明還沒到，幫她穿起來。她還哭嚎，只好抱起來。比起以前的錢湯，這裡太大了！轉了兩個彎，這裡有按摩室、有食堂，實看見有電梯，眼睛又亮起來說：「我要按！」

終於進到更衣室，滿載的身體找不到一個空的衣櫃，摩肩接踵之間脫光，但小實的尿布裡有大便，還得先排隊去廁所換，隊伍裡只有我們兩個是裸體。

終於拉開門，迎接我們久違的羅馬浴場。累得有點遲緩的實，看見有小孩專屬的黃色椅凳，眼睛二度發亮起來。

洗好澡問實想先泡哪一池，她一腳下去，臉上有幸福充滿的笑容，身體最誠實了。嚷嚷「哇～～～哇～～～好舒服～好溫暖～」以前只會說好燙，跟她解釋這是溫暖與舒服之後，她也會用了。

她用盡全身的期待泡下去！水位直接過胸，極樂湯的水溫普遍不超過四十度太多，沒有滾燙的適應期，很適合小孩。

室內只有冷熱兩池，我們在熱池裡重溫了好久才起身去半室內的檜木池，有著牛奶色的白色粉末。

她沒有不耐、嚷嚷著要換，這次都是我問她要不要換個池泡泡看。

她每湯都很享受，看著讓我很幸福。這是育兒時光很難得的共感。

不是取悅小孩開心，不是為了育兒而做什麼事情，而是一起enjoy！（我覺得公共澡堂很像遊樂園啊，換池就是換設施。）

跟白天坐纜車時的感動很像，用身體在感受時、被自然包圍時，情緒與我們都變得很小，因為成為了一體而有了共感。

很想知道會在她身上留下什麼？

旅行的魅力，未知的不只是環境，還有心的反應，對未來留下什麼期許。

時間。睡著的實也因為我們騷動的情緒驚醒過來。

在我沮喪地以為又要長途搬運回去明天再搬來，往這個錯誤的方向想去時，咚很快讓我打消這個倒霉的想法，說把行李留下來我們明天就不用搬了呀。

快速地把奶粉奶瓶盥洗袋都帶著，還有小孩身上自然很多用處的大袋，加上不怎麼需要換衣服的冬天，通通丟上推車，一切好辦！

我們害臊地離去旅店，咚讓我去逛街，兩分鐘的距離有一家RAGTAG，男裝的企劃有趣，有MHL、Auralee、MM6……將品牌集合成一個特輯，很乾脆。只是女裝都沒有～很快就回去找他們。

我們走去吃曾我部惠一開的CITY COUNTRY CITY，滿黑板的菜單讓我翻譯不及，有點害怕。小實要清炒、不要醬料的義大利麵，到底該怎麼說呢。取Google Maps裡的菜色問店員，問到一盤我和小實都喜歡的蔬菜肉片高湯般的口味～非常喜歡。咚那邊也很快把拿坡里吃光光表示喜歡。矮矮胖胖的冰杯裝滿的啤酒看起來特別好喝，也的確喔。

重點是，這樣黑膠充滿的地方竟然有，兒童椅耶！！！！！好感到讓我對店家浮現好多問題。

因為帶小孩去酷酷的店都會有點緊張，啤酒喝到了離去前才放鬆，問的問題倒是，「剛剛那首歌是誰唱的？」店主帶我到播放器的DJ台那邊回答，開心地說這是他的最愛「澳洲的樂團Fox + Sui」並和隔壁桌的澳洲客人示意，「是來自你們的國家喔，你有聽過嗎？」表明喜歡日本的澳洲大叔表演起彈吉他的樣子說「我聽過live的喔！」對音樂的喜歡串起了三個國家，超越語言，牽起陌生旅人間的連結，店的迷人在於，創造真心喜歡的交會。

吃完，時間還早，我們去新宿逛逛街，沒有逛到什麼，看了漂亮的單椅和拍很好的內衣廣告，我們站在螢幕前看完。我也喜歡被同樣事物吸引的我們。

更喜歡，小實八點就在電車睡著。

於是我們直接回家，快速在超市採買。終於，把好幾天前就買好的泡麵吃完。

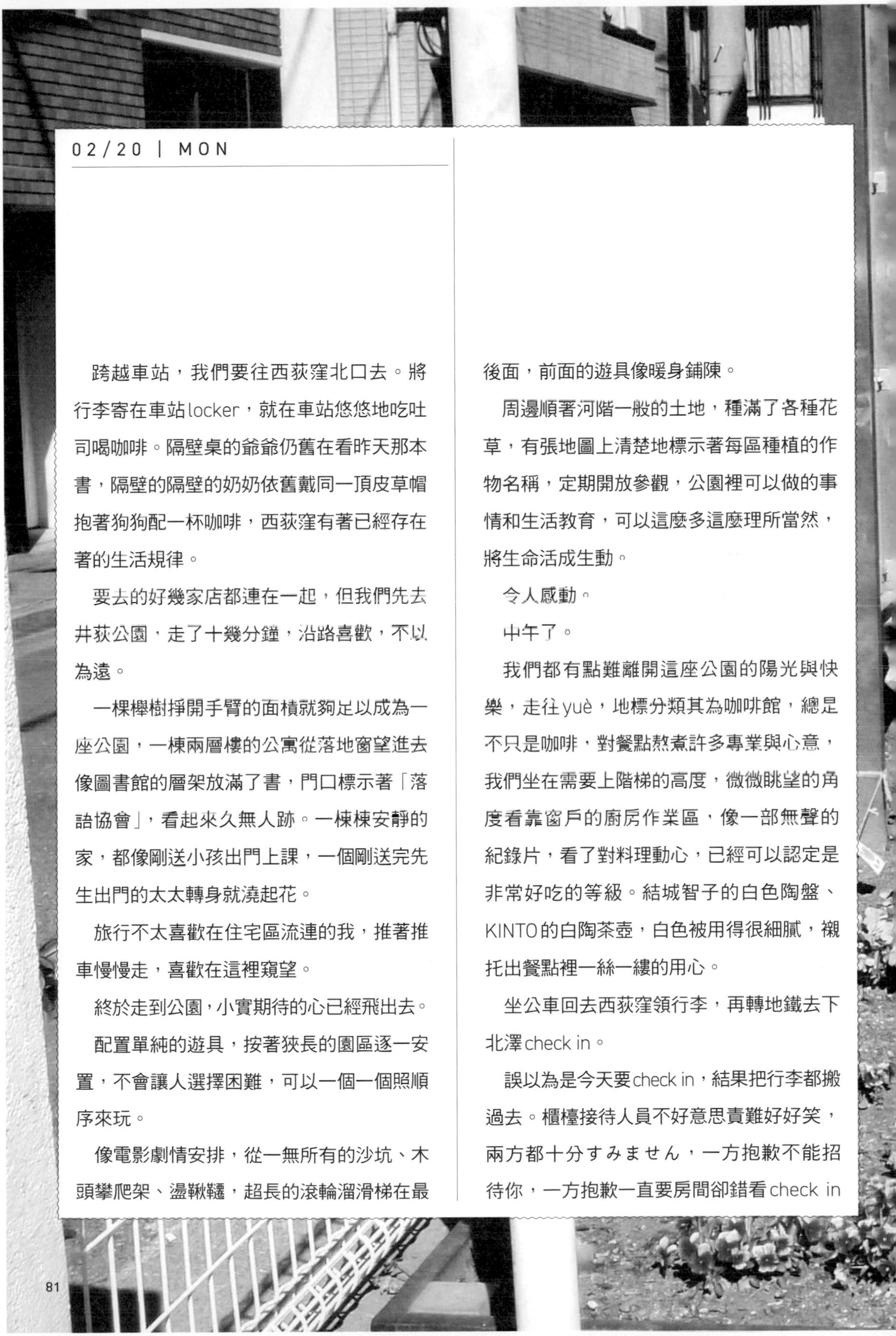

## 02/20 | MON

跨越車站，我們要往西荻窪北口去。將行李寄在車站locker，就在車站悠悠地吃吐司喝咖啡。隔壁桌的爺爺仍舊在看昨天那本書，隔壁的隔壁的奶奶依舊戴同一頂皮草帽抱著狗狗配一杯咖啡，西荻窪有著已經存在著的生活規律。

要去的好幾家店都連在一起，但我們先去井荻公園，走了十幾分鐘，沿路喜歡，不以為遠。

一棵櫸樹掙開手臂的面積就夠足以成為一座公園，一棟兩層樓的公寓從落地窗望進去像圖書館的層架放滿了書，門口標示著「落語協會」，看起來久無人跡。一棟棟安靜的家，都像剛送小孩出門上課，一個剛送完先生出門的太太轉身就澆起花。

旅行不太喜歡在住宅區流連的我，推著推車慢慢走，喜歡在這裡窺望。

終於走到公園，小實期待的心已經飛出去。

配置單純的遊具，按著狹長的園區逐一安置，不會讓人選擇困難，可以一個一個照順序來玩。

像電影劇情安排，從一無所有的沙坑、木頭攀爬架、盪鞦韆，超長的滾輪溜滑梯在最後面，前面的遊具像暖身鋪陳。

周邊順著河階一般的土地，種滿了各種花草，有張地圖上清楚地標示著每區種植的作物名稱，定期開放參觀，公園裡可以做的事情和生活教育，可以這麼多這麼理所當然，將生命活成生動。

令人感動。

中午了。

我們都有點難離開這座公園的陽光與快樂，走往yuè，地標分類其為咖啡館，總是不只是咖啡，對餐點熬煮許多專業與心意，我們坐在需要上階梯的高度，微微眺望的角度看靠窗戶的廚房作業區，像一部無聲的紀錄片，看了對料理動心，已經可以認定是非常好吃的等級。結城智子的白色陶盤、KINTO的白陶茶壺，白色被用得很細膩，襯托出餐點裡一絲一縷的用心。

坐公車回去西荻窪領行李，再轉地鐵去下北澤check in。

誤以為是今天要check in，結果把行李都搬過去。櫃檯接待人員不好意思責難好好笑，兩方都十分すみません，一方抱歉不能招待你，一方抱歉一直要房間卻錯看check in

## 03/11 | SAT

回來了幾天，每天都有和東京一樣的疲憊，但沒有東京的快樂。

都是帶小孩一整天，東京有書裡說的「出乎意料的快樂」，台北則是瑣事讓我們累到在九點就情願熟睡。

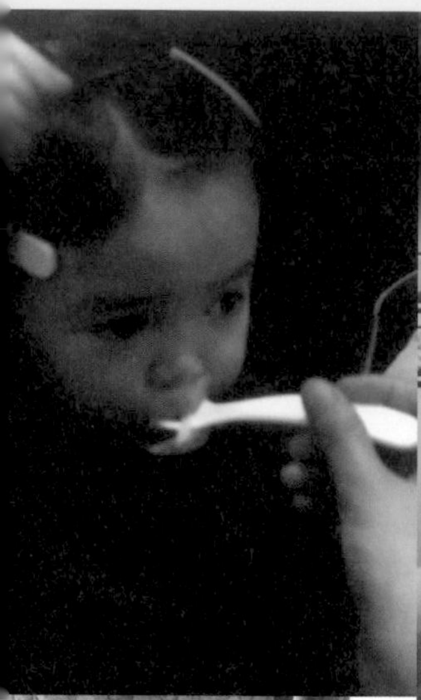

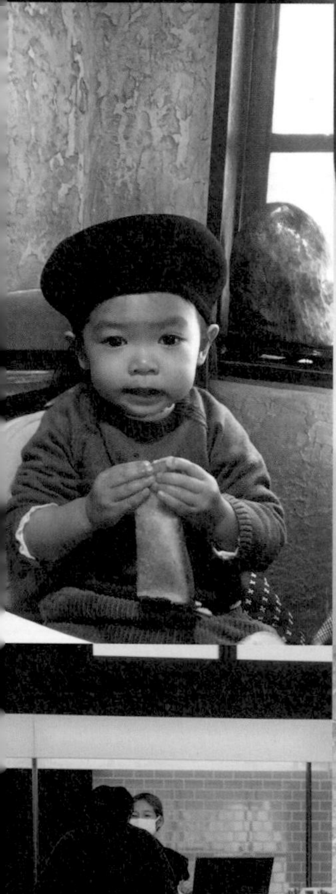

サマー

北村
写真機店
Kitamura
Camera

Summer Storm
Fox + Sui
FOX + SUI
TABOO

# 遇到書的所在 ⑩

回台灣以後，幾次和實要挑繪本給朋友當生日禮物，感到書店的選擇十分有限，要看到多樣繪本，是需要有點努力主動搜尋的事。便想起在東京，連去泡錢湯都能遇到繪本櫃，裡面有小實熟悉的繪本《熊貓澡堂》；也在轉角的麵包店看到一個書櫃，除了討論烘焙的相關書目，還有繪本、散文。可以感受到店家供應的不只是熱湯、麵包，本業有實質的經營項目，書櫃的存在倒像一個靈魂，精神上替店主照顧客人。

旅程中常常出其不意地遇到繪本，那是遇到了一整個故事。即便日文不上手，並不能唸得順遂，繪本以圖示降低了語言存在的功能性，並讓攜家帶眷旅行的我們，有一份他鄉遇故知的熟悉感，像是另一種公園的意義，幫你一起照顧小孩，而也是小孩能自得其樂的所在。

赤ちゃん
Peek-a-Boo
ベイリー
はくぶつかんにいく
THE GREAT
THE ULTIMATE

住在目黑川附近時，理所當然地走到松浦彌太郎的 COW BOOKS，那跟以前來到這裡朝聖偶像的感覺不一樣，這次還沒進到店內，門口展示書架上，用色好看、方形開本的 Miffy 叢書展示成兩列排，矮書櫃上也都是繪本。不用問要不要去，和小實都心花怒放要去拿來看看。以繪本和川邊的行人打招呼，書封創造了路途的風景，不必問經營者是誰便讓人備感親切。

門口放置有矮椅凳，不用進到書店內，就在目黑川旁看書，小實則是書一攤，就看到了人行道上去。我很喜歡小孩使用書的方式就像她盪鞦韆、溜滑梯，那麼直覺不用教學，自有解讀的本能。和咚輪流入內看「大人的書」，我們最後買了荒木經

惟和陽子絕版的《愛情旅行》，和很多本的Miffy。

遠到立川看展時沒有設定書店的行程，卻在午餐的餐廳100本のスプーン和展覽空間PLAY!看了好多書。餐廳內有個展示層架，上面兩層各式食品到餐具等品牌相關周邊商品，在離小孩身高最近的下層，凌亂散落著繪本。看到這幕不是覺得怎麼沒有擺好，而是在用餐尖峰時刻，有著小孩或家長來回借閱的痕跡，與整齊劃一的商品櫃產生對比，品牌被人喜愛的靈魂在這裡一覽無遺。PLAY!則是因應當期展出的藝術家Junaida，選集了他的作品和有相關報導的雜誌特輯，連雜誌都有進貨，對於喜歡的觀展者來說可以一網打盡，滿足收藏的意念相當慷慨。

愛情旅行

深呼吸の必要
長田弘

而延續家庭旅行要在一個區域裡一網打盡的目的，我最喜歡的就是西荻窪的URESICA和吉祥寺的MAIN TENT。它們與飲食、服飾、雜貨等生活商店並存，獨立盛開出自己的樣貌，具經營者思想的選品，是讓街區具有人性的所在。

URESICA在我們用餐的SAJIRO咖哩店對面，隔壁二樓還有服飾工作室，是一間迷你卻經營地精緻的繪本藝廊，我很喜歡URESICA具有話語力量的空間使用，首先是在門面上用兩個玻璃窗說明自己是什麼的意圖——一窗內推打展示燈、以白背展示畫，一窗則直接透進店內呈現書櫃，沿著窗櫺羅列一排書，展示著店的個性。

店內，繪本羅列地豐富緊密，卻又有許多畸零空間留白，用以展示作品，也讓讀者有一種觀看的餘裕，在埋頭於書叢游泳起來換氣時，有一幅畫、一只小狗輪廓的木作、甚至大面落地窗盈納進店內的風景。小實則是喜歡店的階梯、在有點像迷宮的動線裡跑來跑去，讓我們頻頻注意提醒。

不確定是不是以藝廊的眼光在選書，繪本作家的風格鮮明，甚至有M. B. Goffstein多本繪本和研究他的著作。買了經典的《Brookie and Her Lamb》和展期周邊明信片，是旅程中與未知相遇的紀念。

アーサー・マンデヴィルの不合理な冒険
プレスター・ジョンの王国を探せ
生きることに
○×はない
胸がどくどく
脈打った

URESICA
books + gallery

URESICA

MAIN TENT則是以一本展示在玻璃櫥窗上的《One Monday Morning》，令找尋已久的我對這家店一見鍾情，像是開啟一個埋藏在心裡的話題，翻開書成侃侃而談的歡心。

這是一家我覺得很頑皮的書店，在吉祥寺一個走過熱鬧地區彎進去的巷子裡（離挽肉と米很近），遠遠就能看到獅子的玩偶趴躺在地，戶外的展示區像是店內的書太多而流洩出來，要經過外頭這些可愛小書的誘惑，才能進到MAIN TENT。

就像個馬戲團的帳篷，搜羅各國的珍奇異獸、稀奇的繪本和古玩具，讓看書變成一件很好玩的事情。我特別感謝它還有一書櫃的親子書，找到一本和小孩勞作的期刊，在這裡，養育小孩成了一門好玩的研究，用故事、音樂和玩具來學習。吸收養分完，我們跑著推推車要去井之頭自然園區玩。

以書作為行程與行程之間的停頓，帶走一個故事，唸成與小孩在旅途中的默契，會是另一種無形於心靈，卻深刻的紀念品。

ONE MONDAY MORNING
[ Text and pictures by Uri Shulevitz ]

ベイリー

Main Tent
絵本の
古本屋

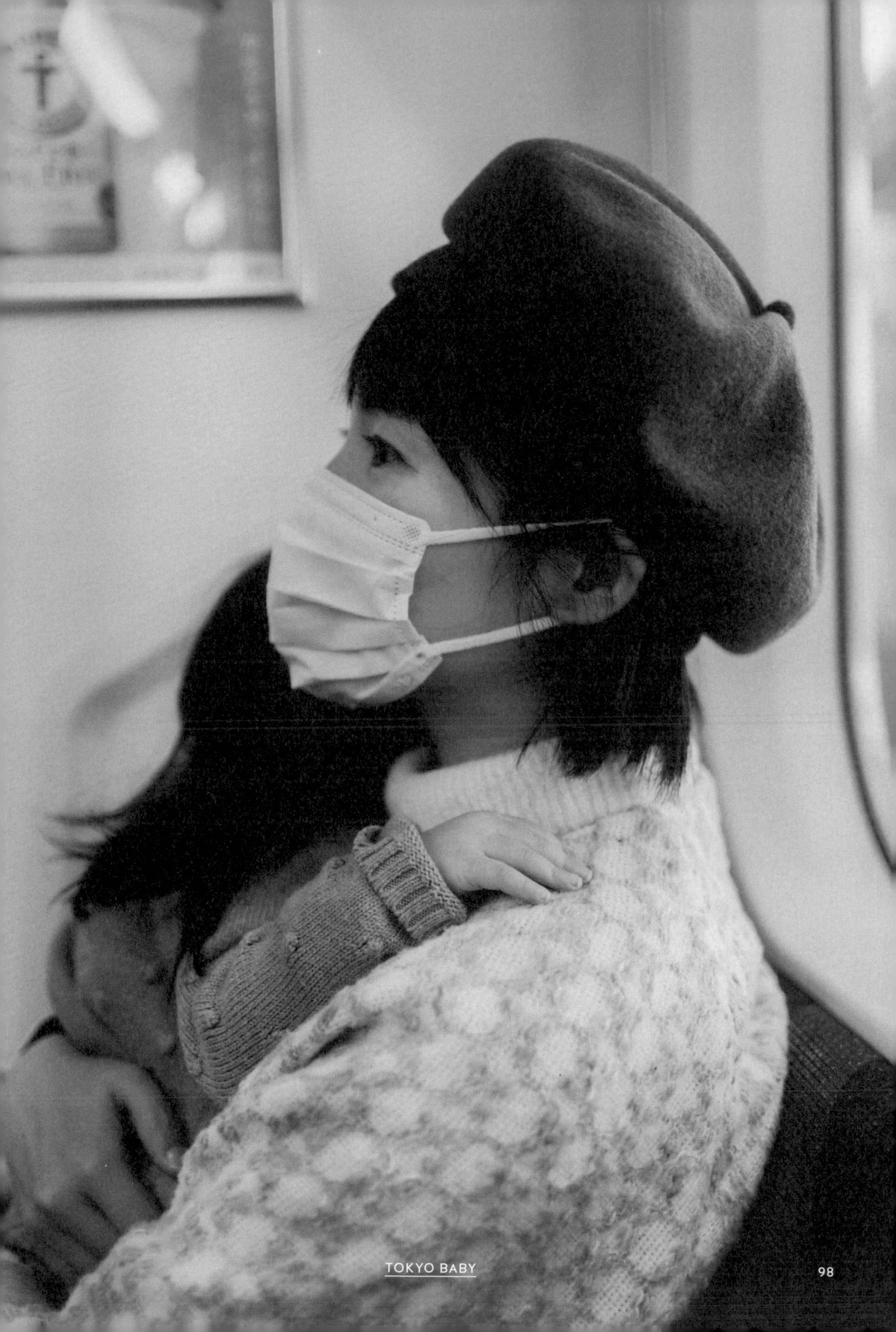

# ⑪ 坐很遠的車，休息

朋友問東京要去哪裡，我分享幾個地點，特別標注，「很快樂，可是很遠。」朋友們最後都沒有去，我理解，沒有小孩的話，我也不會去那麼遠。來回的車程可以就近逛好幾家店，或是拿來排隊吃名店。

旅人亙古不變的珍貴就是時間，而時間使用在以家庭為單位的旅程上，奢侈近乎浪費。

我們曾經坐30分鐘的車去立川，再走10分鐘的路到達「PLAY!」，展覽看不到一個小時，小實就喊著要出去，出去才肯睡。等她睡著，我們才又進場繼續把展覽看完。明明剛剛的車程，她都在睡。

另一趟旅程，我們轉了兩趟車、花了快一個小時的路程去高尾山，還預約了接駁車隆重地吃一頓午餐，吃完爬山，下山要去的TAKAO 599 MUSEUM就關門了。

那天，我們比鬧鐘還早，七點就起床了，一天怎麼還是過得那麼快，要怎麼安排行程，才能滿足東京給人的眼花撩亂？不過那天很開心，總是有得快樂的東京，不會讓你撲空後就無處可去，我們在博物館旁的公園溜滑梯，就近彌補失落的

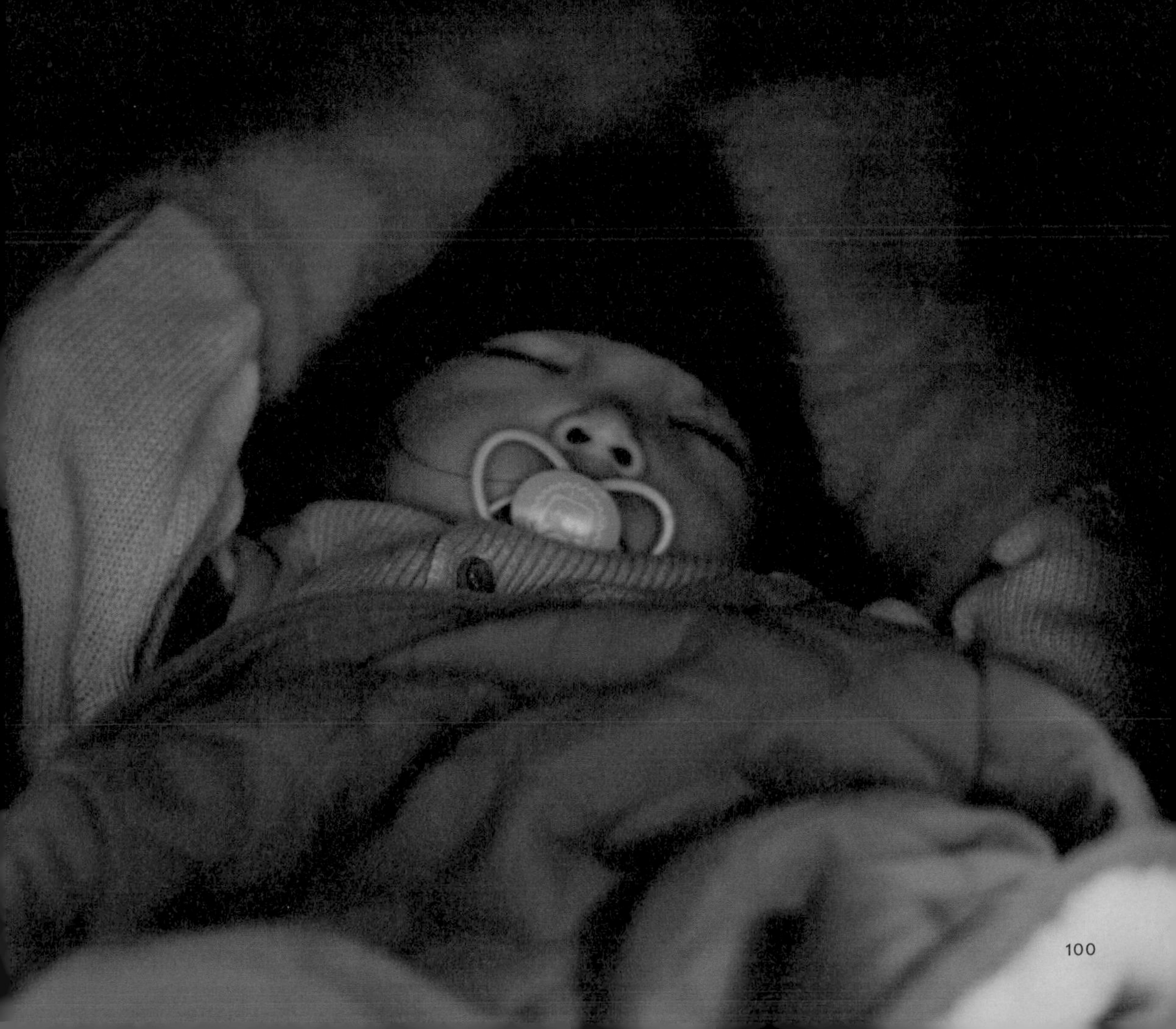

心。小實跑上空地取一根樹枝做登山杖回程，在車站旁的極樂湯，與下山疲憊的人們一起泡湯。在回程一樣漫長的車程上睡得好飽。

旅程後半部，我很感謝有這些看似浪費時間的長途車程，在不斷冒湧而出的慾望夾擊之下，車窗讓我們的短視近利眺望到好遠。我記得看到多摩川閃耀的河面，想像一個朋友說住在這邊，每天沿著河散步的景象，好美。百無聊賴的是我們不耐等待的心，長途列車在尖峰的人潮退去之後，行駛出的是生活的餘裕，它讓我們終於願意回到家庭固有的作息，坐下來好好休息，而非卯足了勁，一直要向旅行索取新奇來兌現成記憶。

小實總是有預感似的在長途列車一開始就會睡著，車身搖搖欲睡，是最好的搖籃，咚也總是在車程後半部歪著頭打瞌睡，睡起來有一副睡了這麼飽，怎麼還沒到的臉。我很喜歡在這時看他們的睡臉，旅程中，終於有餘裕好好的看這幕。

近乎底站的距離，車廂裡人潮零零散散，由陽光填滿座位的空隙。我的朋友和東京人，都沒有人要去那麼遠。

懂得休息，是有小孩的旅程學會的事情。

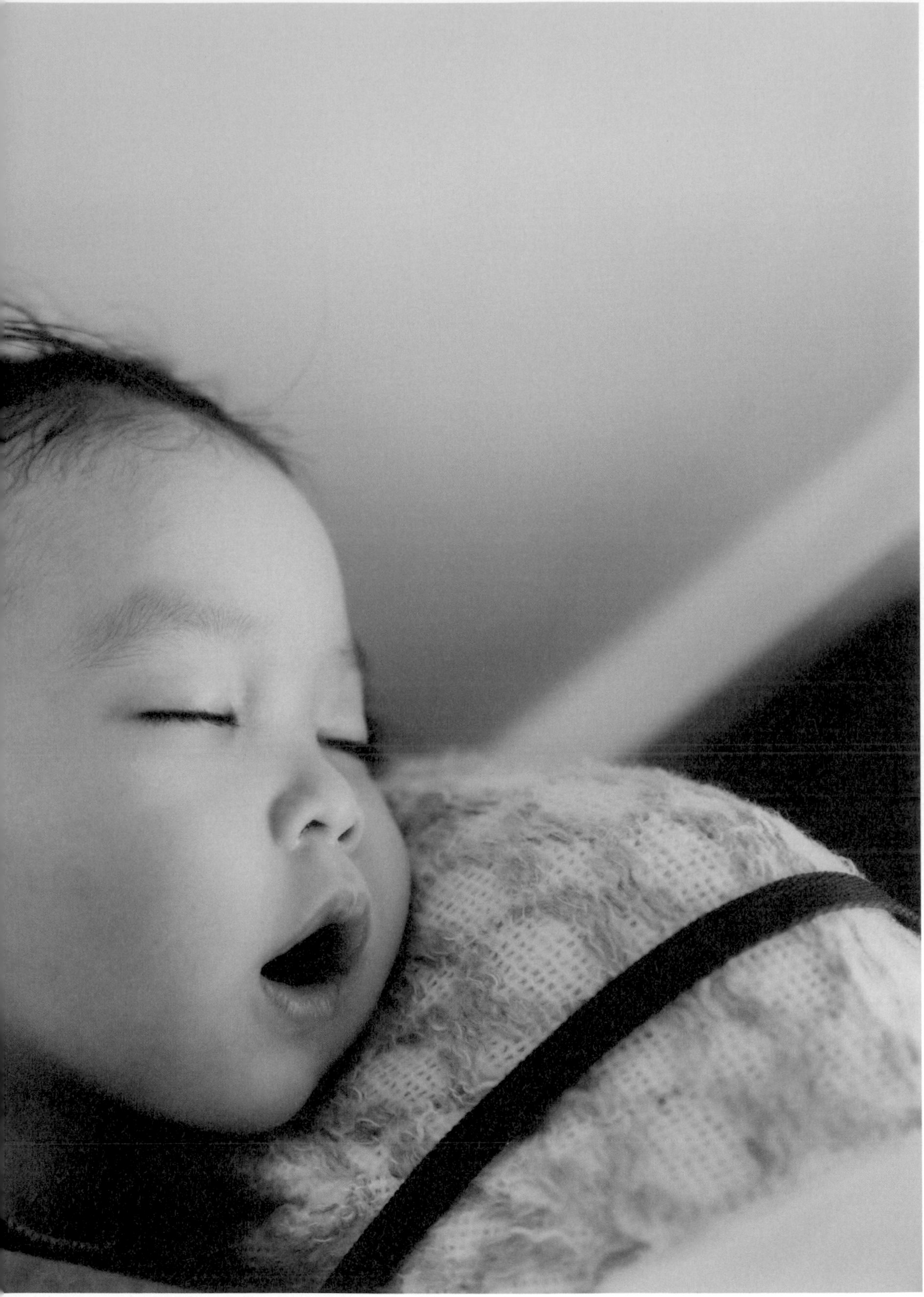

12:46

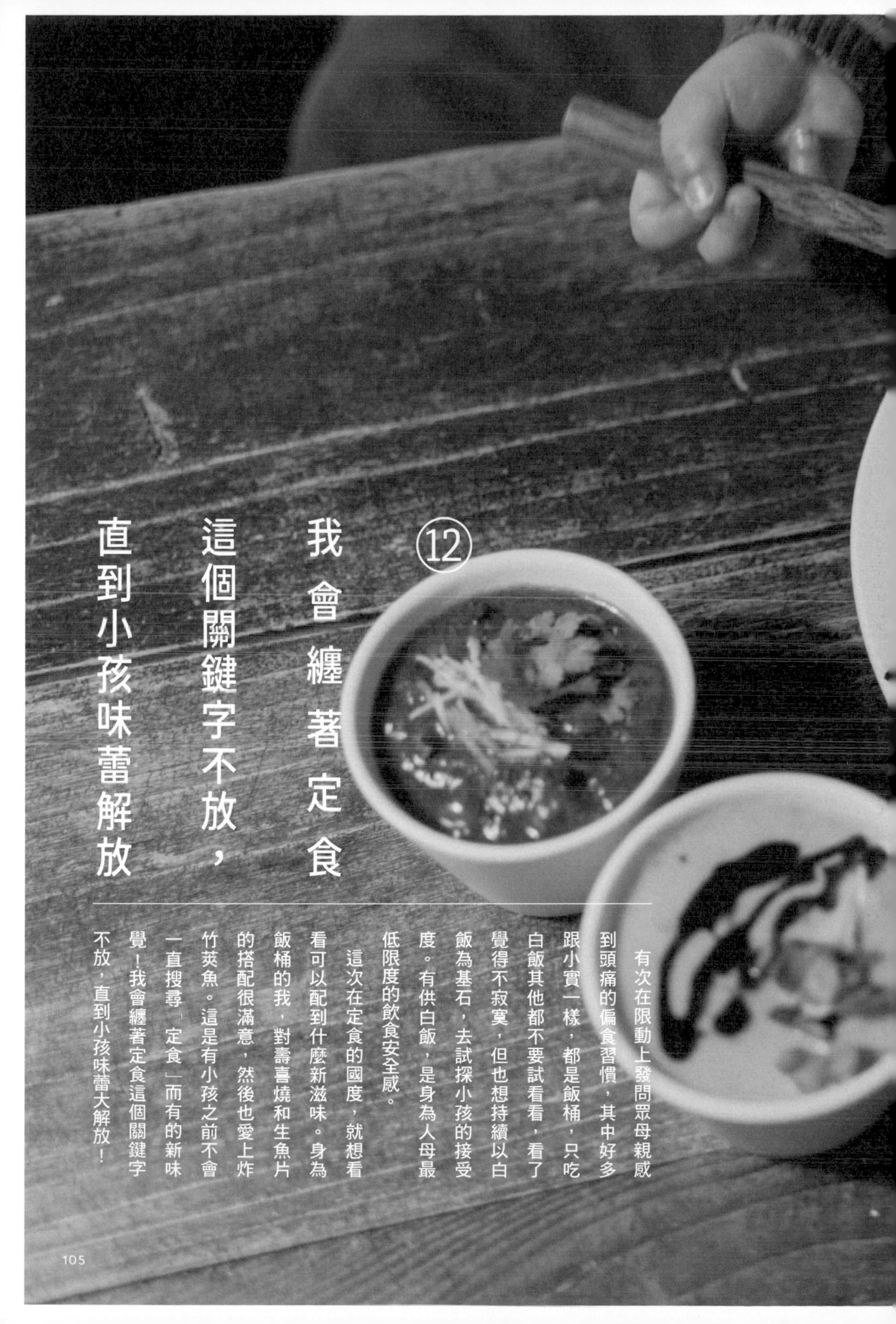

# ⑫ 我會纏著定食這個關鍵字不放，直到小孩味蕾解放

有次在限動上發問眾母親感到頭痛的偏食習慣，其中好多跟小實一樣，都是飯桶，只吃白飯其他都不要試看看，看了覺得不寂寞，但也想持續以白飯為基石，去試探小孩的接受度。有供白飯，是身為人母最低限度的飲食安全感。

這次在定食的國度，就想看看可以配到什麼新滋味。身為飯桶的我，對壽喜燒和生魚片的搭配很滿意，然後也愛上炸竹莢魚。這是有小孩之前不會一直搜尋「定食」而有的新味覺！我會纏著定食這個關鍵字不放，直到小孩味蕾大解放！

## 炸竹莢魚定食

昆布香鬆飯／
松浦市竹莢魚／
自家製優格加上紅豆泥／
味噌湯

*d47 SHOKUDO*

食材詳盡的介紹佔菜單的大部分，其實d47並不是很合我意的選擇，因為太過健康標準，旅行追求的才不是這個。

可是有小孩，旅行中的飲食探索請先緩緩，咚提出建議時我還心不甘情不願，說以前就吃過了還來。

但也在這裡被實狂吃炸竹筴魚的模樣觸動——她吃到說痛痛，我才發現嘴巴大概是被魚刺刺破流血了。食指人動的她一度膽怯，我指著兩桌之外的一對姊弟，說他們吃魚好厲害，我們等下去問他們怎麼吃好嗎？

她竟又主動一口接著一口，把竹筴魚吃下去。

這個年紀的孩子在生理需求之外，開始有了與外部連結的渴望，想要別人擁有的東西或是別人有的就是好東西，那個對面哥哥姊姊都在吃的東西，也成了她在馬斯洛需求裡的愛與歸屬感——想要和他們一樣。

上餐廳吃飯可能是一種見習，看看別人都怎麼吃飯。

一個對於家庭完善的餐飲體驗，可能還要包括有許多家庭客人，彼此互相學習，我就很喜歡看大家自己帶的兒童餐具。

而料理就是餐食的本事了。討喜的昆布香鬆飯是小孩要吃不吃的底線，可是d47的竹莢魚，把小實帶出了舒適圈。

想起日本的食育，小學就會上處理魚的課，營養午餐選的是有刺的魚；想起做漁產的朋友猩弟，她致力於推廣台灣海鮮，她的一對兒女可以一人完食一條魚。

不論家庭或是學校，在促進胃口的同時都是在推進飲食文化。

小實在d47的食慾，是如此的靠近了食育。旁邊的大人，一個吃布丁，一個喝水果白酒，從八樓的高度遠眺涉谷夜景，對面高樓上的大螢幕對小實像電視，這樣度過一個晚餐時光，健康並且快樂。有小孩之後所追求的旅行狀態，就是這麼的樸實無華。

**涉谷 d47 SHOKUDO** ⇨東京都渋谷区渋谷 2-21-1 渋谷ヒカリエ 8F／ ✓餐椅✓餐具✓兒童餐

## Little Big Plate

雜糧沙拉／
黑麥麵包／
塔塔醬炸蝦／
炸薯條漢堡排佐時蔬／
玉米馬鈴薯濃湯／
莓果優格

*100本のスプーン*

目前有五家分店，100spoons 進駐在東京都現代美術館、以及其他複合型設施中，我視為是家庭可以過假日的地方。去PLAY!之前選在這裡午餐，立川站北側出來是一個長形的複合型設施——GREEN SPRINGS，走路約十分鐘的長度，有展演空間、生活機能選店進駐。去到100spoons之前的路上有許多誘惑，它幾乎位在路底，卻不減人氣。整條路上唯二排隊的兩家店，就是AFURI和100spoons。

以家庭為目標客群，我很滿意它不是只針對小孩，而是照顧到所有家庭成員的需

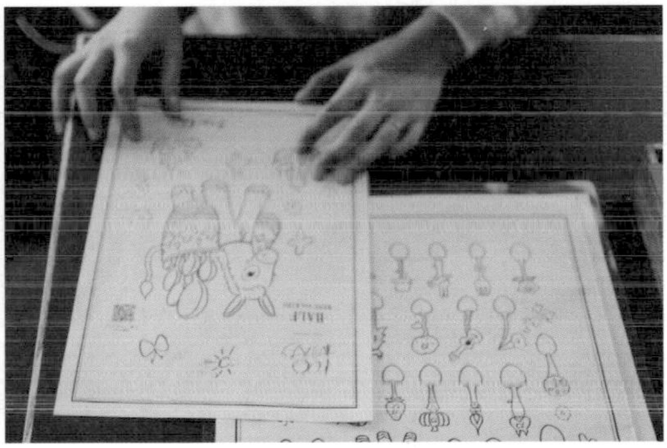

求。端看客人組成就知道，家庭之外，涵蓋老夫老妻桌上點著紅白酒佐餐、年輕少女自拍聚餐，100spoons沒有被貼上只有小孩才能去的標籤。

選用Stokke的餐椅，有榻榻米的座位區，還有環狀的沙發區，體貼孩子不安分的玩心。提供免費、以成長三階段細心分類的副食品。這個家庭餐廳菜單上沒有討誰歡心的「兒童餐」，小孩的餐點和大人的一樣，只是份量減半。菜單背面，是人氣繪本插畫家荒井良二插畫的著色紙，一個小孩來到這裡，怎麼會不賓至如歸。

題外話是，小實打翻了水，服務生擦乾桌面之後，再送上兩張紙巾，以備不時之需，而她的提醒和寒暄，都是對著小實說，而不是安撫對面兩個緊張的大人。直接面對小孩，溫柔擦拭打翻後的不安，也用紙巾送上小心的提醒。

我很喜歡100spoons，理想的家庭餐廳，從空間、餐椅、菜單到服務，都有著照顧家庭族群的體貼與設計。

**立川　100本のスプーン**⇨東京都立川市緑町3-1 GREEN SPRINGS 2F ／ ✓餐椅✓餐具

# 每日定食

柳川風車麩／
鮭魚春菊炊飯／
涼拌布拉魚豆苗菜／
味噌湯

—

湯気

抵達西荻窪的第一晚，寒冷又疲憊，卸下行李，我們走幾分鐘的路就抵達湯氣，在這個有著溫熱名字的定食小屋獲得療癒。來自西荻窪在住的朋友推薦，她說每次來總是客滿，我們卻幸運覓得一席塞進一家三口——其實是有獨食的客人見我們進門，主動說要換座位到吧台，讓我們有寬闊的空間用餐。西荻窪的人情，每天都以不同的方式讓我們驚奇！

主打使用時令食材，湯氣每週更換主題菜單，也會因應節慶製作特餐，比如女兒節有手鞠壽司。營業時間無休息地從午餐供應到晚餐，這點很適合旅人！

而今晚供應的是燉煮的主食，是柳川風醬汁的車麩，吃起來好像五花肉，沒有肥肉的膩，有Q彈和鮮嫩的口感，菜單黑板上附註是（たまごとじ），將蛋液拌在最後步驟，讓整體有著溫潤的可口，可以配著飯吃完。而用心一絕的小菜，讓我重新愛上定食，自家製的本領就是主食旁的配菜呀！好愛涼拌的布拉魚豆苗菜～

問經營者兼料理人的姊姊，怎麼可以細緻地詮釋如此家常的菜色，她的回答過於老實，說就是專門學校和料理店工作經驗好幾年而來。定食存在的用意是什麼呢？菜色有著家常的親切，將熟悉的食材變換成新鮮的口感，好像我在家也做得出來？但一查食譜就覺得你想太多了，還是乖乖上用心的定食屋吃飯，專業的家常菜。

湯氣的客人似乎每週都會來報到，而我們的確被一個喝醉的大叔搭訕，說一週來三次，離去前還把全部的飯糰都外帶。回來才看店的Instagram，分享著，去年用鹽漬梅子、今年打算用紫蘇與蜂蜜，來減少鹽的使用。有著對食物的專業，也有著生活與工作相依偎的熱情。仔細想想，以兩人的人力，每週更新菜單，是很大的創意企劃工作呢。

離開時的背景音樂是Sunny Day Service，姊姊笑說最喜歡他們了。才發現我們享用的一切，都是他們的喜歡啊，才會這麼愉快！

**西荻窪　湯気**⇨東京都杉並区西荻南2丁目19-7／×餐椅×兒童餐具

資深西荻窪在住友人分享，西荻窪是中央線上最少連鎖店的一站，能夠在這裡駐店而不被淘汰的，都有著經得起考驗的美味。我們很喜歡在這裡能有餘裕隨意亂晃，只因獨立小店太過密集，隨意都好逛有趣，其中感到「也太多咖哩店了」，於是，升起了斗膽，帶著歪嘴實去挑戰異國料理。咖哩、烤餅、香料奶茶，可行？

沒有民族風的擺飾和音樂，Sajilo Clove 先讓我想起台北的「香色」，以古董陳設為氣質的展現，選品又俐落而讓人自在。當率先送上來的烤餅，像一片懶散的雲朵躺在竹籃裡，感受到剛剛烤好的熱氣與香氣，馬上擄獲我們的心，哪有餘裕再對小孩的胃口小心翼翼……而小實反常地將烤餅掠奪去，一口一口就扒起來吃，還聲明：「這是我的！」。

## 每日定食

蔬菜炒雞胗與雞肉咖哩／烤餅／沙拉

*Sajilo Clove*

川口葉子在其知名的咖啡店巡禮之作《東京カフェの最高のひと皿：いただきます！》中，介紹到Sajilo Clove的「蔬菜炒雞胗與雞肉咖哩」，我愛雞胗，這有別於以往的料理方式，燉在咖哩中，而雞胗依然是那個嚼勁迷人的自己，但肉質多了豐富的層次，彷彿也在異國旅行；咖哩看起來濃郁，卻因以蔬菜為基底而溫和爽口。我們連小孩也沒顧、吃太快來表示敬意。辣度用桌上的辣粉自己加，很貼心。

小實做為3%俱樂部忠實會員，我在選餐廳上變得十分膽小，一旦選到一家她只吃一口的餐廳，我就會相當自責。因為旅行產生的私慾，讓我有了挑戰的勇氣。我心裡對烤餅是有底的，但是沒想到她會這麼喜愛。美味當前的時候，旅行彷彿一如往昔，不分年齡地都能感到興奮與驚奇。我還是想持續試試小孩的彈性，放過自己的小心翼翼。那份勇氣，旅行限定。

小店密集，正對面就是頗負盛名的藝廊童書店URESICA。飯後運動，我們在那裡待了很久。

**西荻窪 Sajilo Clove**⇨東京都杉並区西荻北3-42-13永谷マンション1F／×餐椅（有各種古董椅，小實剛好坐到比較高座的那把）×兒童餐具

## 野　菜　盤

黃色蕪菁／醃製茴香和血橙／胡麻醬拌芥菜／杏仁炒水菜／馬鈴薯可樂餅佐芥菜籽／奧勒岡葉／茴香葉／香菜籽／自製奶油／白飯

—

*yuè*

和咚回想喜歡的一餐，說到yuè時會呑口水地確信，回台灣再也吃不到這樣溫熱精緻的一餐。

yuè的溫熱是視覺化的，在主廚倚著窗、背著光料理的身影上。我們坐在拾階而上的座位區，看他在點餐後料理，從主菜到每樣配菜。

當媽媽後，最考驗我的地方，是要在接小孩之前煮好飯。不只是廚藝的問題，掌控料理木質的根本是邏輯，從備料到烹飪中間錯綜複雜的順序和時程，濃縮在一個小時站著的腳力裡。每次煮完都筋疲力竭，懂得讚嘆在餐廳吃到用心的菜。

四個爐子都是上工的：一個持續燉煮的醬料鍋、一個換過一個的平底鐵鍋，一個炒完要讓它燜一下、一個機動備用的，主廚靈活變換在四個鍋之間，偶爾轉身取調味料，窗外有車窗反射進來的光影，時而拉長停息、時而隨著綠燈呼嘯而去，這世界的脈動好像就在車流和料理間交接與行進，這情景像部無聲電影，濃縮了生活的真諦。

我們時不時都會討論這部電影的觸動到底在哪裡，而小實在廚房遊戲中，開始出現翻鍋的動作，握著平底鍋的手上下揮動，問媽媽，怎麼沒辦法把鍋裡的菜丟上去？

那餐小實吃得並不好，因為多是烹飪乾淨的蔬菜，其中的炸馬鈴薯球，我也愛死了，是她唯一想吃的，於是讓給她。我下次還要記得，遇見喜歡的單品，要厚臉皮詢問加點的可能，帶著小孩什麼都可以指著她問。

**西荻窪 yuè**⇨東京都杉並区西荻北5-26-17／×餐椅×兒童餐具

# 炸竹莢魚佐塔塔醬

炸竹莢魚佐塔塔醬／白飯／刺身／漬地瓜／味噌湯

*Yuzuki Shimokitazawa*

我們很喜歡觀察客人的組成，要是店內坐滿年輕人，多少會有不好的預感。yuzuki的客人輪廓攤開在沿著樓梯、從一樓排上二樓的列隊上。

有兩個很久沒見的歐蝦蕾的婆婆相約聚餐、有獨食的中年上班族大叔，不外乎也有入座後就要拍照的年輕男子。故得結論：是一個人也要犒賞自己，去聚會願意相約排隊、拍照打卡會得意的定食店。

黑板菜單寫滿一整面牆，從定食、單品到酒品都有豐富的選擇！點了竹莢魚＋刺身定食，一個生熟兼顧的概念，大人小孩都能共享的餐。可以這樣輕盈地享用生魚片，是我覺得很幸福的點，不用因為小孩而失去生食的樂趣。

yuzuki主廚的功夫展現在多元的料理上，100%和牛的漢堡排、多樣炸物定食都是熱門的選擇，而拌漬類單品也因應搭酒而有豐富的品項。這裡不只啤酒，紅白自然酒與調酒都有！

三面採光照著熱絡的氣氛，店內十分擁擠，只有六桌座位和吧台區。靠窗的座位是連排的椅子，小孩脫了鞋站著吃，很是自在。

下北澤店播放的音樂都好好聽，是吃了很有元氣的午餐！

**下北澤 yuzuki shimokitazawa** ⇨東京都世田谷區北澤2-33-6 グリーンテラス2F／×餐椅✓兒童餐具

## 黑毛和牛便當

鹽烤黑毛和牛／
烤蔬菜／
醬菜／
附牛排醬

人形町今半 惣菜本店

下飛機後，選人形町當中繼站（原因除了地理位置還有星星密集度），原訂要去一家供應牛肉飯的餐廳臨時歇業，失望卻沒有太沮喪，走在有點年紀的人形町，矮房子古典的屋簷，前方有店就可以安放飢餓的感覺。這裡的老，長出了信賴，讓人不怕踩雷。

經過轉角一家開放式櫃檯的熟食店，櫥櫃琳琅滿目的放滿炸物和便當。已經過了午餐時間，沿著櫃檯排小小的隊決定要吃什麼，一個不注意，身後就開始排起超出店面的人龍，於是加快腳步決定，下手每日限量的和牛便當，那時還不知道今半在對面人氣的本店，是專賣壽喜燒。坐在公園開吃之後，後悔沒多買一個。

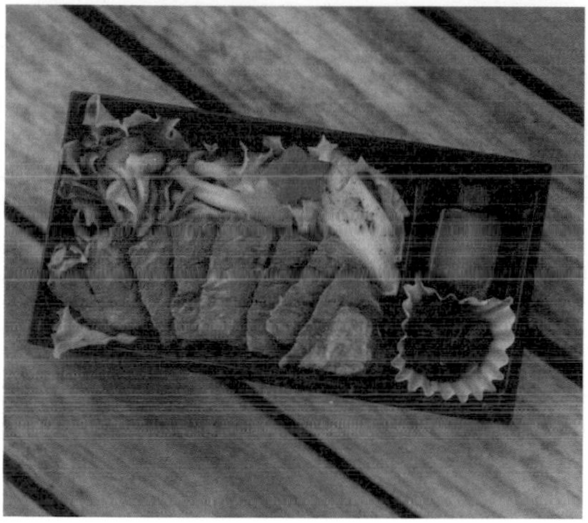

還有血色但口感相當綿密的肉感，選用的是珍貴的大腿肉部位，僅以少許鹽和黑胡椒調味後，就送進烤箱中烘烤，再切成適口的大小。配菜沒有調味，也是烘烤而已，沒有用上便當裡的牛排醬，因直接吃的味道十分爽口清甜。

我們選在公園用餐，滿足了玩心的小實，的確比較情願用餐，坐飛機坐地鐵坐推車後，還要讓她坐餐廳，可能不是很好的選擇。盪完鞦韆的她，和我們一起把便當吃完，搶著吃飯。

和小實旅行讓行程有了公園，讓我們改變用餐習慣。這是第一次，外帶便當在公園用餐，遊具應有盡有，自成一個親子餐廳，餐點還是這麼好品質的和牛，成立家庭旅行全面的幸福。

**人形町今半　惣菜本店**⇨東京都中央区日本橋人形町 2-10-3

番外推薦！

## 下里定食

涼拌捲心菜＋醃漬紅心蘿蔔沙拉／
五穀飯，上有醃漬胡椒／
關東煮：油豆腐、白蘿蔔、芋頭／
味噌馬鈴薯／
蘿蔔皮＋蘿蔔葉的炸春捲／
酒粕野菜湯

——

*分校カフェMOZART*

東京在住的朋友Kite和先生喜歡在週末去近郊探險，其中，他們特別喜歡去廢棄小學校吃飯，這次特別為帶著孩子的我們，選了一家好吃又好玩的分校カフェMOZART。「分校」之名來自其為小川小學的下里分校，主理人說「MOZART」是來自下里（SHIMOZATO）的文字遊戲。開車在一望無際的埼玉，遠山、農田的景色交呼應，去到小學的路要彎過幾道小徑，在有點容易迷失方向的地景中下了車。腦袋還沒清醒，但誠實的身體，馬上就在遼闊

的環境中舒展開來——這是在東京混了好幾天的我們比對而來的體感與好感。

套著保護套的高麗菜綿延成一條田徑，遠處簡易的柵欄圍成了雞鴨牛舍，這個小學沒有圍牆作為界線，操場與遊樂設施的腹地比校舍大，空間洋溢著自由的朝氣，讓小實很快很快就奔跑起來，向操場上那台彷彿騎到一半主人就跑走而倒地的腳踏車去。小孩抵達新的環境不需要簡介，他們感知先決，身體很快就知道使用方式，很快很快就換去盪鞦韆，在這裡，盪很高是一種眺望，因為沒有高樓林立。

MOZART以選用當地食材做出的「營養午餐」聞名，提供有以米飯為主的每日定食，小菜食材隨季節提供，另外兩份餐點分別是以蛋沙拉麵包和炸麵包為主，搭配沙拉、牛奶、濃湯的輕食組合。菜單簡單，但細節滿載，承裝在不銹鋼的分隔盤中，本來以為會像回到可怕的學校午餐，卻精緻的讓人食指大動，堪稱分隔盤的絕佳應用。

以蔬食為主，善用調味以及野菜的口感營造味覺層次。五穀飯上佐以醃漬的胡椒，心裡吃出了好多舒暢的波浪符號，大大提升五穀飯健康卻平實的印象。分隔盤分隔的不只是料理，更展示了各種烹調手法的運用。回台灣後和主人確認餐點細節，她笑說每天都不一樣，早就不記得，用當時拍的照片確認，驚覺這一個個分隔裡，盡是細節！

炸春捲裡包著的是清爽的蘿蔔葉和蘿蔔皮、關東煮煮出入口即化的里芋、漬物小菜用的是難得見到的紅心蘿蔔……從挑選食材開始用心，我覺得好像吃了一盤選物店，完全可以吃到料理者備餐的辛勤，在口感變換之間，喜歡吃飯，要是小時候有這樣的午餐，每次都

會清盤。

店主有個活潑好客的八歲女兒Kona，在小孩桌椅區與朋友一起吃著炸麵包，小實見有玩具廚房，馬上加入他們的行列，一起看繪本、玩料理遊戲，耗足了體力才上桌吃飯。我又見識到另一種，發自人性且自在的親子友善。

吃完飯在戶外的遊戲場，剛好有老師在導覽關於校舍的歷史，小孩大的帶小的在一旁玩了起來，更把聽不懂導覽的我們帶著，往農舍走去。原來在木造雞舍後有片草地，放養著一歲的黑色小馬梅莉，和牠的父母親。抓拾地上的稻草往梅莉一家餵去，黑色的眼珠靈活地轉動，不只愛動物的小實驚喜開心，我們也珍惜這突如其來的插曲。

**埼玉　分校カフェMOZART(モザート)** ⇨埼玉縣比企郡小川町下里824／11:00～16:00(五休)／✓兒童餐椅✓兒童餐具

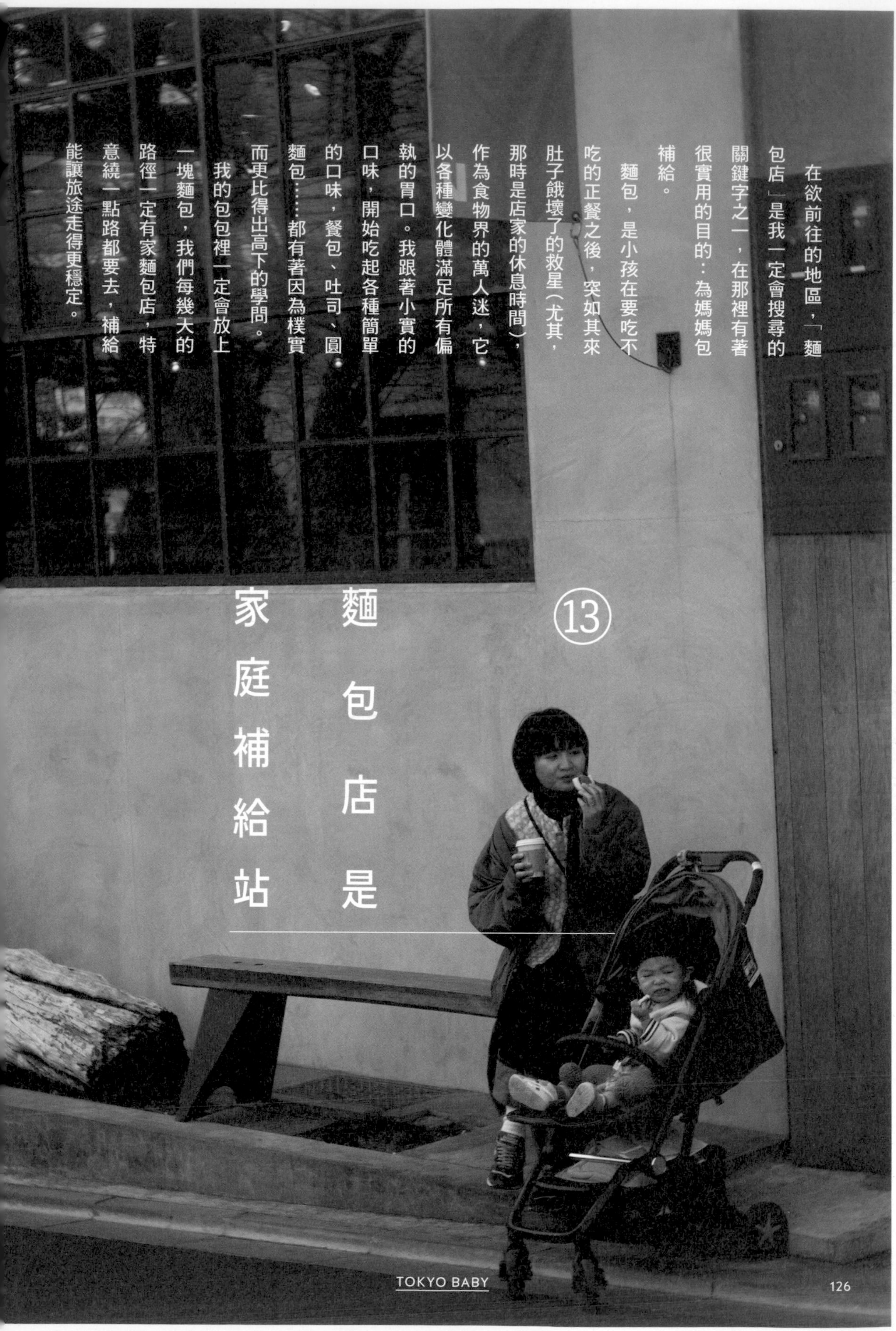

# ⑬ 麵包店是家庭補給站

在欲前往的地區，「麵包店」是我一定會搜尋的關鍵字之一，在那裡有著很實用的目的：為媽媽包補給。

麵包，是小孩在要吃不吃的正餐之後，突如其來肚子餓壞了的救星（尤其，那時是店家的休息時間），作為食物界的萬人迷，它以各種變化體滿足所有偏執的胃口。我跟著小實的口味，開始吃起各種簡單的口味，餐包、吐司、圓麵包……都有著因為樸實而更比得出高下的學問。

我的包包裡一定會放上一塊麵包，我們每幾天的路徑一定有家麵包店，特意繞一點路都要去，補給能讓旅途走得更穩定。

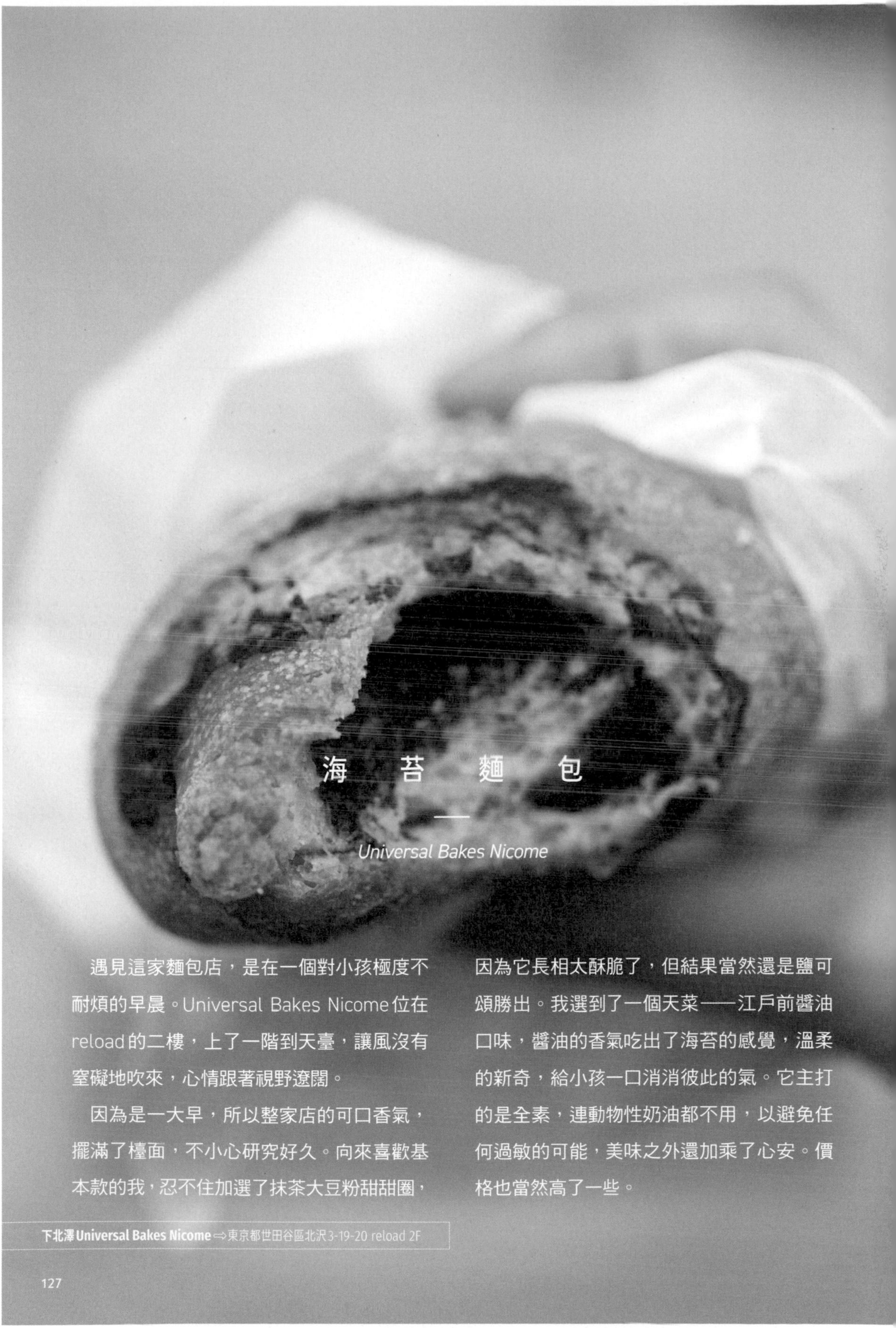

# 海　苔　麵　包

—

*Universal Bakes Nicome*

遇見這家麵包店，是在一個對小孩極度不耐煩的早晨。Universal Bakes Nicome位在reload的二樓，上了一階到天臺，讓風沒有窒礙地吹來，心情跟著視野遼闊。

因為是一大早，所以整家店的可口香氣，擺滿了檯面，不小心研究好久。向來喜歡基本款的我，忍不住加選了抹茶大豆粉甜甜圈，因為它長相太酥脆了，但結果當然還是鹽可頌勝出。我選到了一個天菜——江戶前醬油口味，醬油的香氣吃出了海苔的感覺，溫柔的新奇，給小孩一口消消彼此的氣。它主打的是全素，連動物性奶油都不用，以避免任何過敏的可能，美味之外還加乘了心安。價格也當然高了一些。

**下北澤Universal Bakes Nicome** ⇨東京都世田谷區北沢3-19-20 reload 2F

# 北海道牛奶吐司

—

*365日*

一個小孩尿濕了褲子的寒風天，走路遇見入店避寒，買出來安撫大人自己，然後大人小孩都停不下來在店門口吃完。同場也吃了其他城市的吐司，我獨愛北海道出品的綿密，揉合了北海道產麵粉、奶油和牛奶所製成的山型吐司，咀嚼度高又不會甜膩，帶有很質樸的麵粉香氣，據說是北海道小麥「春爍」的特性。小孩敏銳的味覺最誠實，停不下來的是她，搶食的是我，要再入店回購，發現一條也沒有……比起來尿濕的褲子突然一點也不重要了。

**代代木公園365日**⇨東京都 谷区富ヶ谷1-6-12⇨「代代木八幡駅」南口走路1分鐘／「代代木公園駅」1號出口走路40秒⇨7：00～19：00(每日營業YA!)

## ふわもちベーグル

—

*Beaver Bread*

小實的偏食之一是略過餡料，包子裡的肉團、烤麵包裡融化的奶油、水餃裡的蝦子與絞肉……她通通會剩下，只吃所有包覆料理的，皮！

以前買麵包，我習慣帶上幾款夾著甜甜的當點心，在小實口味變得如此絕對後，我開始會向店員確認：「這裡面有沒有包東西？」有的話就是給我們自己。慢慢地，小孩的口味影響了我們的購買習慣，總想多買一點可能喜歡的讓她嘗試看看，而我們也越來越習慣她喜歡的——純粹以麵團先決的口感。

在一個小實睡著的下午，找到位在住宅區內轉角的Beaver Bread，一次限定六個客人入內，客人一面挑選，師傅一面出爐，整家小巧的店香氣十足。因著小實的喜好挑選，麵包是旅途在外、幼兒過早起床的早餐首選，買了一整袋。出店門馬上拿出喜歡的一款來吃，好吃到我又進去買。事後訪問店員才知道，ふわもちベーグル這款貝果的特點是將充足的蜂蜜混入像食パン般柔軟的麵團中，然後放上奶油烘烤，這樣可以讓麵團中深深地吸收奶油香氣。

店很小，卻還有個書櫃陳列海鷗書店的選書，盈滿了那種因著澱粉而富足的滋味。

**人形町 Beaver Bread**⇨東京都中央区東日本橋 3-4-3 1F⇨「馬喰横山駅」A2出口走路3分鐘⇨平日8：00~19：00 週末與假期 8：00~18：00，週一、二公休

# 餐　包

*Lotus Baguette*

和小實兩人下榻在目黑時，早上都會去SIDEWALK買咖啡，沿著目黑川，路上經過這家戶外座位區在頂樓的Lotus Baguette，淺綠色的油漆框著好多面窗，瀰漫著淡淡麵粉的溫柔。

每天都會經過這家鄰居，因而沒有特別進去，直到咚到日本與我們會合，一次我去買咖啡，他就帶小實去，她不意外地選了長相質樸的餐包。我很後悔前幾天沒有去，蓬鬆已經是不用多說的美味基本盤，我喜歡它還有一點點脆脆的口感，卻不會油膩，吃得輕盈，一包三個竟然馬上吃完。還要去買就已經賣完。Lotus Baguette主打自家酵母，和天然食材的選集，越是簡單的品項，越是吃得到用心！

**目黑 Lotus Baguette** ⇨東京都目黒区青葉台1-13-10⇨東京メトロ「中目黒駅」走路8分鐘／東急電鉄田園都市線「池尻大橋駅」走路14分鐘⇨9：00～18：00 週二公休

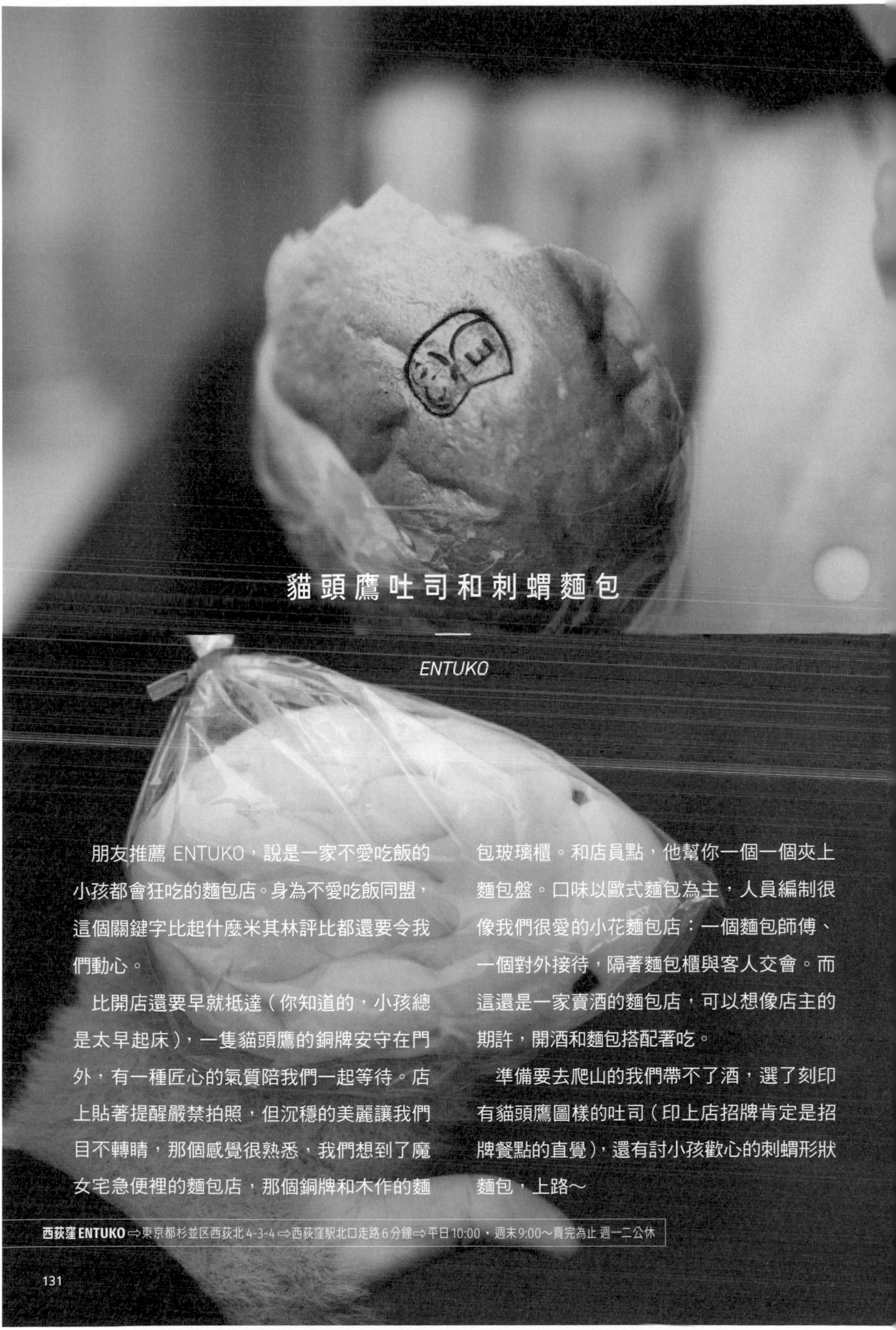

# 貓頭鷹吐司和刺蝟麵包

*ENTUKO*

朋友推薦 ENTUKO，說是一家不愛吃飯的小孩都會狂吃的麵包店。身為不愛吃飯同盟，這個關鍵字比起什麼米其林評比都還要令我們動心。

比開店還要早就抵達（你知道的，小孩總是太早起床），一隻貓頭鷹的銅牌安守在門外，有一種匠心的氣質陪我們一起等待。店上貼著提醒嚴禁拍照，但沉穩的美麗讓我們目不轉睛，那個感覺很熟悉，我們想到了魔女宅急便裡的麵包店，那個銅牌和木作的麵包玻璃櫃。和店員點，他幫你一個一個夾上麵包盤。口味以歐式麵包為主，人員編制很像我們很愛的小花麵包店：一個麵包師傅、一個對外接待，隔著麵包櫃與客人交會。而這還是一家賣酒的麵包店，可以想像店主的期許，開酒和麵包搭配著吃。

準備要去爬山的我們帶不了酒，選了刻印有貓頭鷹圖樣的吐司（印上店招牌肯定是招牌餐點的直覺），還有討小孩歡心的刺蝟形狀麵包，上路～

**西荻窪 ENTUKO** ⇨東京都杉並区西荻北 4-3-4 ⇨西荻窪駅北口走路 6 分鐘⇨平日 10:00，週末 9:00～賣完為止 週一二公休

ENTUKO

FEB

# 嬰兒餐椅大賞 ⑭

我漸漸發現，嬰兒餐椅之於小孩吃不吃得好的關鍵，並不在於它的尺寸多麼符合幼體工學，甚至桌板也不是太必要的條件。而是在這個以大人為主所設計的世界，有個專屬小孩的座位。高腳的座椅，升起與大人平視的姿態，為他們用餐加冕。

在台灣習慣了餐廳會將IKEA餐椅在角落堆起的樣子，不好意思地加張座位才能看它終於重見天日。到日本才發現，餐椅是彰顯餐廳品牌形象的一個重要元件，一張張無以疊加的貼心設計，在我心裡代表了小孩上餐廳不再是不好意思的、臨時的成分，總是點不到低消的他們，也是要好好被對待的一份子。

## 連嬰兒餐椅也符合選物精神

*d47*

這是入東京坐到的第一張兒童餐椅。開啟了這個小單元的念頭，是因為體驗到在台灣坐遍餐椅都沒看過的漂亮。去信問了d47，介紹這張是山形市的品牌天童木工 Tendo Mokko，發現能從餐椅看見餐廳的特性。是啊，d47 選集日本各地的本領，從餐飲食材到選物，甚至是兒童餐椅，那麼小的細節都在傳遞品牌精神。

**渉谷 d47 SHOKUDO** ⇨東京都渋谷区渋谷 2-21-1 渋谷ヒカリエ 8F

# 粉紅色絨布的漂亮

*SHISEIDO PARLOUR salon de cafe*

有沒有想過關於「膚色」的蠟筆是什麼顏色？傳遞「美」為概念的資生堂，曾經走訪日本全國小學，開設「膚色」討論的工作坊，藉此討論每個人的獨一無二。美的各種樣貌在咖啡廳出現，我看到的是一張融入在整家都是粉紅色泡泡的絨布座面椅，漂亮沒有定則，給兒童的餐椅原來也能讓人感到漂亮是一種選擇。

**銀座 SHISEIDO PARLOUR salon de cafe**⇨東京都中央区銀座8-8-3 東京銀座資生堂ビル3F

# 家庭餐廳之最

*100spoons*

在一百支湯匙看到了兒童餐椅之奢侈，從平台上的座椅到地面上的高腳座椅，通通使用挪威品牌Stokke，坐上和我們家一樣的Tripp Trapp，那個熟悉感會讓小孩對餐廳感到親切。作為家庭餐廳的第一品牌，我覺得不是要建個球池讓小孩去玩，而是共創一家人好好用餐的本領，最高！

**立川100本のスプーン TACHIKAWA**⇨東京都立川市緑町3-1 GREEN SPRINGS 2F

## 融入下北澤氣氛的老椅

*CITY COUNTRY CITY*

酷酷的黑膠咖啡店是會讓家庭有點卻步的選擇，但是店長先生一看見小實進門就馬上搬出了兒童餐椅，一張漂亮的老件餐椅，融入下北澤的古著氣氛，和牆面那張老YAMAHA鋼琴相得益彰，沒有一件傢俱是局外人。我想他們知道，餐椅也是店內重要的一張擺設，小孩客人也是座上客。

**下北澤 CITY COUNTRY CITY**⇨東京都世田谷区北沢2-12-13細沢ビル4F

SERVICE: YMO
SUNNY DAY SERVICE
COMIN' SOON

## 符 合 和 食 料 理 高 度

*うかい鳥山*

一家一個個室，山與川景都有陽光庇佑的時候，我們真的覺得因為小孩而來到這家餐廳很好，不是說為了享受，而是能體驗各種吃的感受。可以因為關起門來依然遼闊而跑來跑去、可以有這麼矮的嬰兒餐椅，為了符合和式料理的低桌面。從窗戶眺望隔壁棟用餐的光景，靠窗放著一張嬰兒床，原來帶嬰兒來也可以！關於備受禮遇，不因任何頭銜或目的，在有了小孩之後看見不一樣的體貼層級。

**八王子うかい鳥山**⇨東京都八王子市南浅川町3426

OLD HORSE KNOWS E WAY,
1987

# 街區的那個公園 ⑮

東京存有許多有趣的遊具，攝影師木藤富士夫有個拍攝計畫，對此主題發行了數集的zine《公園遊具》，收羅赤鬼、鍬形蟲、魚骨頭、公雞……等造型的遊具，在黑夜的背景與閃光直打下，襯得這些遊具有點荒唐與詭異。

公園之於父母那麼必須，滋味卻多是疲乏的。心裡想著有機會的話，要去拜訪書裡的那些獵奇。

不過實際上的行程，很難為了一個公園遠道而去，我反而好喜歡就在住宿附近、在拜訪店家路上巧遇的那些公園，當公園不是目的地，彷彿是路過一個給小孩的禮物，是驚奇，也是大人稍作休息之處。

我們在下飛機轉車的人形町下車。以用餐為目的，搜尋了周邊的遊園地，巧遇了下課時間滿載小孩歡笑聲、母親們聊天的公園，便決定把便當外帶到公園，加入這場群體的家庭時間，多麼接地氣的旅行第一站。

公園，將育兒時光攤開來，承載所有小孩的電力和衝勁，讓父母喘息。公園是沒有國界與文化隔閡的共鳴，我還喜歡觀察公園裡大家的母嬰用品。

# 大山兒童遊園地

入住在下北澤時，首要也是尋找附近的公園。搜尋到大山兒童遊園地那隻恐龍，就算是一路遠離熱鬧的街區走到東北澤，也要去！在早餐過後出發去公園，是家庭旅行之中的平衡。那時店多半沒開，早起的父母多半很累，去公園放小孩的電很是正確。抵達大山時，已經有附近保育園的小孩在玩，小實一開始稍稍畏懼，畏懼人群和這個張大嘴的恐龍。沒想到哥哥姊姊都很熱情，拼命示範帶領，搏命演出公園溜滑梯的使用方式，我樂得就讓小孩自己玩，也對這個看是有點危險的公園設計很傾心：可以從安插在身體中的細桿樓梯上爬，或是從尾巴斜坡處攀，還能從側身的石塊攀岩翻上去。不大的公園以恐龍為中心，相當單純卻盈滿玩心，保育園的小孩都不想離去。小實最後是被旁邊富含坡度和大小石頭錯置的健康步道迷倒，走了7749圈，還脫鞋子走。獻給學齡前的小孩，公園就是精緻小巧就好！

**涉谷 大山児童遊園地**⇨東京都渋谷区大山町 6-8

## 西荻北中央公園

我們非常幸運，住在西荻窪時樓下就有公園，不過整個南口的公園都約好一起在整修，我們整整跑了鄰近的三個在地標上看起來復古又可愛的公園，通通，圍起了施工中的黃線，讓小實只能在其中一個裡面，拿澆花器去澆水（對，也還是有得玩）。我們往北口去，就在西荻窪的喫茶老店「物豆奇」的正對面，有個我理想的街區公園，內含物：盪鞦韆、溜滑梯，和等待的座席。迷戀高度的小實是不會放過盪鞦韆的，我推她之後我們一起盪，攝影魂上身的爸爸倒是很喜歡設施擺放的位置，他可以走到溜滑梯的高處，取得一個制高的鏡位來俯視我們盪鞦韆的角度。三個人在公園玩得太大聲，有點不好意思緊鄰著就是住宅公寓。我很喜歡單純的公園，盪盪鞦韆、溜溜滑梯，然後我們就可以繼續往下個地方去。

**西荻窪　西荻北中央公園**⇨東京都杉並区西荻北3丁目25-3

# 井　荻　公　園

安排在去yuè的路上，經過井荻公園。我喜歡在目的地周邊搜尋公園，帶著一種順路的動機和短暫停留的設定。對兩歲年紀的膽量來說，街區普通的公園就夠玩得很開心，且離開時不會掙扎太久，但井荻公園卻意外地銘刻我心。它結合地景，創造出充滿想像力的設計，那個設計不是製作logo或特別的指引，而是對身體感與使用行徑的設計。很讚賞將大面石頭切成階梯、要跨很大步伐才能行走的間距，有冒險的氣息，置於滾輪溜滑梯之下，成了河川流瀉下來兩旁的河床。位在住宅區之內，來訪的小孩有的還穿著睡衣，設施旁的柵欄圍著一整片的農作地，上頭插著標示花種的說明牌，並標示開放的時間，上演著社區庶務的日常與嚴謹。我很喜歡井荻公園，每個街區都有屬於自己的公園才是不罐頭的事情。

**西荻窪　井荻公園**⇨東京都杉並区西荻北4丁目38-17

# ⑯ 住在有生活感的地方

住宿是不管有沒有小孩都重視的旅行元素，多了一個小童雖然在價格上沒有差異，不過房間的使用品質卻格外重要。有小孩之後提及的品質並不是設計感或是奢華要素了，有時真是累得只要哄睡時跟著睡到天亮就是奢侈。

這裡的品質，是最好有活動的空間，曾經將就過住商務旅館，小實多只能坐在床上，床上面對的只有電視，有種不得不看的窘境，我才發現房間的設計影響著活動行徑。孩子需要走來走去，也需要在密集相處中有自己的空間，在無以奢侈到有隔間的方案下，大一點的房型是一種順遂的選擇。

小實睡得比較少，我們又會在她睡著時工作或繼續聊天，房間的尺度會決定我們「續攤」能多自在，光線是否可以不干擾她的睡眠，又足夠我們作業，做事情會不會吵醒她？甚至是廁所的隔音，都是細微但因為小孩而放大的住宿品質參考。

再來是廚房空間，泡奶、切洗水果、分裝外出的食物、可能偶爾要熱食物來吃。房型中設有小小廚房，就夠安心。

至關重要的還有與地鐵站的距離、去地鐵的路上，店家組成可有趣？都是我會放大地圖好好檢視的行前功課，我一定會查的還有「錢湯」，就算住宿有浴缸，我們還是喜歡去泡湯，那是住的延伸，是到日本才能有的療癒。

方方面面檢視一個住宿是必要的，會問說飯店有飯嗎的小實，還不太懂旅宿的意義，她都稱旅宿為「新家」，而也的確行李箱攤開，衣服、電器、母嬰用品一放，這裡就是我們的家。

# Fav Tokyo Nishinippori

在解封之際，以相當優惠的價格住到旅宿連鎖品牌Fav Tokyo，旗下旅店多在觀光地區，從形象照看來相當重視家庭客，因此集團中最晚開幕的東京店成為我解封後拜訪的首選。

選擇高級單室套房（Superior Studio），以兩層樓化成上下鋪＋小客廳的房型，和小實睡在下鋪，並且一人一張床的距離讓我很開心。下鋪有較暗的光線，有小孩才知道這樣就有天然的屏障幫助小孩好睡、不好醒，父母可以有做自己事情的時間。

我還喜歡地板不是商務地毯，那讓過度挑剔清潔的母親，覺得總是赤腳的孩子這樣踏在上面不是太乾淨。然而Fav Tokyo用大理石和木頭分野了床和客廳的沙發區，這是很細微的巧思。

有餐具齊備的廚房空間，滿足我們每天都切洗草莓的冬日饗宴；盥洗室、衛浴及廁所切分，可以同時使用而不干擾彼此，更不會吵到睡著的孩子。缺點是沒有浴缸，而我們幾乎每天都走十分鐘的路，去澡堂齊藤齋泡到全身酥軟。

有小孩就知道早餐都要準備的好早，感到很幸福的部分則是吃不膩的早餐，一樓是知名的咖啡店Coffee SUPREME，因此不用出門，輕鬆就能喝到好咖啡和兩種選擇的輕食早餐，我們每天都選各一，吃完就能開始一天的行程，好住宿真是旅行的後盾。

**西日暮里　Fav Tokyo Nishinippori**

⇨東京都荒川区西日暮里5丁目31-6

♥

- 位在非常寧靜的住宅聚落
- 距車站三分鐘
- 過馬路就有超商和便利商店
- 十分鐘路程有我們最喜歡的澡堂「齊藤齋」
- 離機場近
- 離上野動物園近

# Laffitte Tokyo WEST

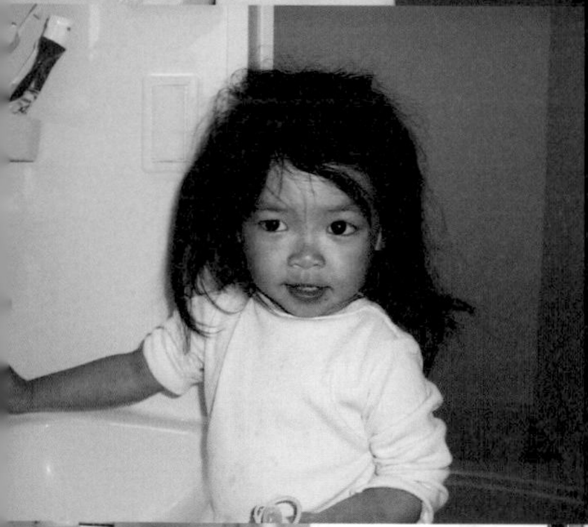

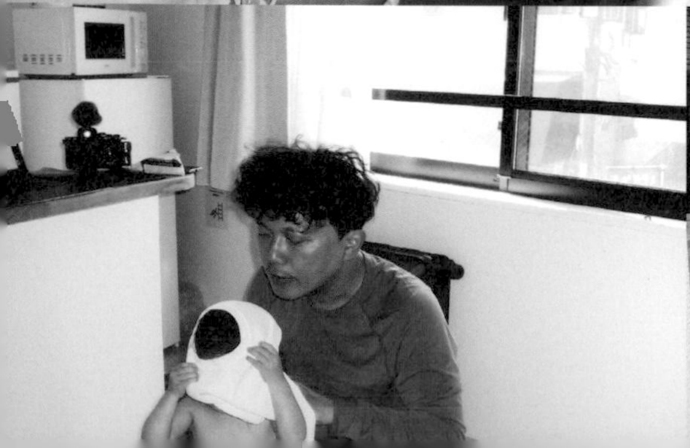

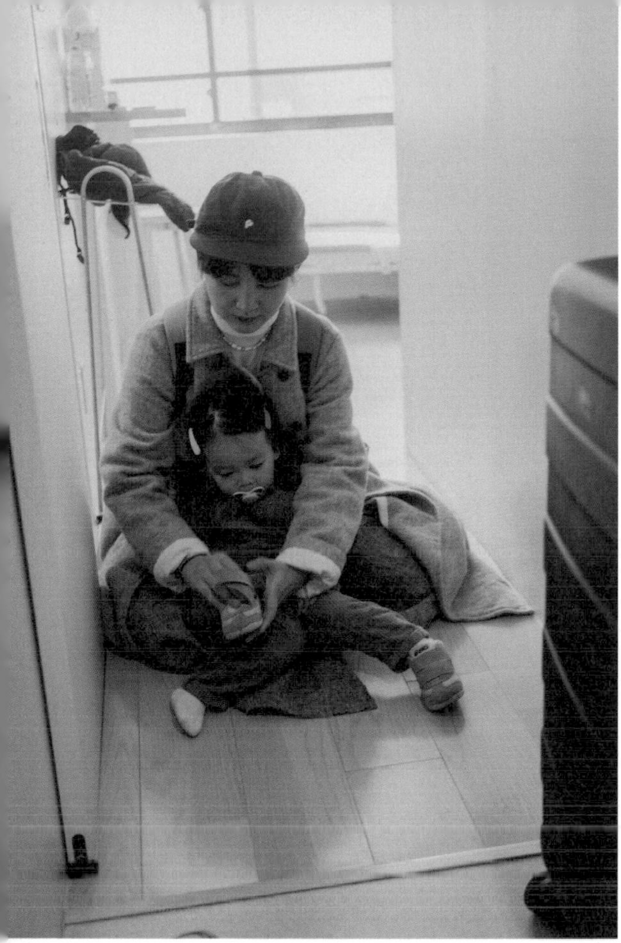

因為杉並區在住的朋友熱情推薦，被「生活感」和「獨立小店」的關鍵字所吸引，所以第二次的東京行錨定杉並區找尋住宿，但真的是生活之處，住宿並沒有太多選擇。找到一家出租公寓式的套房，雖然小但也五臟俱全，廚房、浴缸、洗衣機都有，滿足家庭旅客的生活必需。

二樓窗外看得見對面的「八百屋」招牌，我們過早的早餐吃完後，喜歡緩緩地看老闆拉開鐵門，把蔬果一一擺出來，每天看著這個畫面，有種真的住上了一段，浸入生活的感覺。

只是隔間不夠明確，我晚上常常需要寫字，唯一能把門拉起來的地方就是廁所，很多字都是我坐在馬桶上寫的。

我們在西荻窪住了近一週的時間，就近有探索不完的店與人情。每天早上到車站的咖啡廳外帶咖啡時，發現座位區上都是固定的人，竟然感到安心，穿著大衣帶著狗狗的奶奶、和她也帶著狗狗的朋友、只點咖啡配書的爺爺……。

在出發去哪裡之前，都在可以在西荻窪混到太晚而delay。此外，最棒的是我們去哪回來都一定還有好吃的餐廳可以期待「回家吃」，這區的生活感，是當地人累積出的好品味。能因為孩子而住進西荻窪，有我們一起共享的幸福。

**西荻窪 Laffitte Tokyo WEST**

⇨東京都杉並区西荻南3丁目5-2

♥

- 有多種定位的超市可以補貨挖寶
- 距車站五分鐘
- 喜歡南口出來的串燒店當宵夜
- 附近有個家庭感十足的澡堂「天狗湯」
- 每個巷內都有驚喜小店
- 書店、飲食店、蔬果店……有品質的補給一應俱全
- 樓下就有公園，這一帶許多公園可以輪流玩

# MUSTARD HOTEL

在小實還是令人作息大亂的嫩嬰時期買下了吉本芭娜娜的《喂！喂！下北澤》，只因想知道她是怎麼當媽媽的。卻因裡頭描繪住在下北澤所給一家帶來的溫柔，讓我們對下北澤有了憧憬，想要走在那些街口、找尋她筆下帶有韌度的店家。

不過離出版太久了，下北澤經歷了潮起又潮落，我們遇見的它已經像是入場維修般回復青春光彩，街區裡的新提案Bonus Track、reload、與車站共構的SHIMOKITAEKIUE，都是以一種選集的方式再重新定調此地的未來。

下榻的MUSTARD HOTEL正是位在reload中的旅宿，我從第一次東京行就被其家庭房吸引，它房內有寬闊的餘地——這很適合需要跑來跑去的幼兒，甚至還有一個木地板大陽台，我們打開窗戶讓風吹動窗簾，拍下小實在這裡跟風就能玩得很開心的照片，其中一張成為四月號大誌的海報。

家庭旅行待在住宿的細節是什麼呢？MUSTARD大方地在每間房提供唱盤機，接洽的公關選了迪士尼封面的disco給小實，我們聽了就在那寬闊的餘地跳舞。下北澤某部分代表著音樂、古著、咖哩，一個房間能與一個地方的氣質連接是旅宿很好的本領。

**下北澤 MUSTARD HOTEL**

⇨東京都世田谷区北沢3丁目9-19

♥

- 家庭房可以說是幅員遼闊，可以跑步、可以穿梭陽台
- 位在reload裡，鄰近許多好逛的店
- 一樓大廳設有提供輕食的好咖啡店SIDEWALK STAND
- 附近有個小巧的澡堂「石川湯」
- 往東北澤走有座恐龍公園
- 離車站十分鐘，一路熱鬧因此不覺得遠，地處位置相對寧靜

# 家庭式景點

## ⑰

常在台北覺得育兒是很寂寞，好像只有小公園、大公園、主題公園可以去，彷彿帶小孩是一個標籤，將人分流到公園，育兒對於公共設施是一件沒有什麼想像的事情。到底什麼是獻給家庭的景點呢？我們啟程兩次東京探詢，這幾個地方以不同的形式給了答案。

坐了一個小時的車，去到幾乎東京邊緣的立川，為了PLAY! MUSEUM當期展覽——小實百讀不厭倦、我們幾乎可以背誦的繪本《的》的作家Junaida原作展「IMAGINARIUM」。

出了立川站即有一個名為GREEN SPRINGS的設施建設，在那裡走了很長的路、過了一整天才回家。

立川好遠，但是像一個慾望濃縮的東京，集合生活娛樂所需：車站共構有百貨、綠川設施裡有選物店、餐飲店、花店等多面向的內容，在那裡確實讓人有購物的衝動，但推著推車，很多是走馬看花去感受以企劃經營店的魅力，只要店有用心，何處不成展。

沿著長型的建築體旁，整條路徑就是一個公園，樹蔭和座位自由安放。趕路的時候我們走這條，像快速通關，另一邊還有電車從高空開過。

其中也有展覽表演的場館、電影院等娛樂設施，是規劃相當完整的一個都市

## 玩的設計

*PLAY! MUSEUM*

計畫，適合過假日，可以穿梭在商場與自然中。

我們的目的地是建築幾乎在尾端的PLAY! MUSEUM，它在家庭餐廳100 spoons附近，我們一度懷疑這安排是不是壓箱的概念，讓我們走那麼遠，大概十分鐘的路程，一路超多誘惑的店在加長我們抵達的時間，但目的地確實是我們的最愛，到了PLAY!，真的，玩心大悅！

推崇PLAY!善於以故事為基底的策展，如經典作品：Miffy、小熊維尼、甚至是櫻桃小丸子裡的吉祥物cojicoji；也有以作家為展的企劃如：酒井駒子、Eric Carle、以及以文字參與許多繪本創作的谷川俊太郎。PLAY!都能將平面的概念轉化成大人小孩都能投入的觀展體驗。

原作展聽起來相當平面，基本上是將畫家的作品以主題分類後重新展現與排列，我很喜歡PLAY!它注入了許多身體感的體驗，如何選擇與集結，讓觀者去感受作品分類後集合的壯觀，那是作者的世界觀。

放大作品，讓讀者有機會細看繪本裡原畫的每一頁，我被排隊看畫的人潮迷住了，從學生到奶奶，一起沿著繪本攤開成一幀幀畫框的書頁前進，小聲討論自己的發現，在書裡沒發現的、沒得分享的體驗，在展覽的尺度得以舒展。

不外乎會有平面實體化的內容，那裡是小孩也能跟著玩的地方，戴上跟書中主人翁一樣的大衣和帽子、跟著怪獸園的投射光影一起走路，將書中的亮點，化為身體的記憶點，這是PLAY!以想像來擄獲大小孩的企劃力。

PLAY!的兩層樓中，二樓是MUSEUM和有供餐飲的CAFE，三樓是PARK。PARK是美感規格超高的兒童館，有個我第一次想投身的巨型的泡泡球場。五月推出的新設施，是以膠帶構成的大型遊具「ざーざーざら」(唸作Za-za-zara)，不論是只會爬行的零歲寶寶，到奔跑無度的小童都能參與。PARK的設施與工作坊，多沒有細分年齡，總是大方的開放給

0-12歲的小孩，這樣的範圍其實很難顧及不同身心的狀態，但PLAY!打造的是一種更單純而共享的快樂。我覺得這很難，是處心積慮、過度為孩子設想而很難達成的境界。去之前可以先查詢官網上的行事曆，上面有標注工作坊的時間，從色彩到聲音，PLAY!很會玩！

回程的時候，趁小實睡在推車上，我們才好好地逛了GREEN SPRINGS，那裡有紙的企劃商店、有雜貨佈滿的咖啡店，還有都已經售完的麵包店。很謝謝PLAY!帶我們到這麼遠的立川，上GREEN SPRINGS的天臺眺望到對面的昭和紀念公園，那是一座佔地有近七座大安森林公園大的多功能公園，擁有開放的遊具和四季花園。

旅人常說日本好玩，以父母的角度看，真的有「好」品質的「玩」，從企劃到設施甚至是大眾休閒空間，體貼的設計在於，做為握有主導權的大人，也能共感的玩。

**立川　PLAY! MUSEUM** ⇨東京都立川市綠町3-1 GREEN SPRINGS W3

東京都庭園美術館是我和小實自己去的。

這裡不是帶著幼童會想來訪的美術館，尤其，小實過去總在進入展場後嚷嚷要離開，很容易跟著不安。我通常會解釋給她聽，試探她的耐心，然後錨定要看的展品、倒數還有多久要離開。我偏好用字理解展品，想知道文字怎麼為作品作解釋，如何中性、如何影響評斷——我很需要盯著那塊對小孩毫無意義的告示牌。對她來說觀看成了空白，無處可安放她對世界的調皮搗蛋。

可是我還是決定坐計程車到東京都庭園美術館，門面像動物園有座雕花柵欄，買票取地圖，美術館澎湃的綠意讓我動了念頭跟她說「在這裡找動物」，她地圖反著拿走路，一路張望鳥的聲音從哪裡來、一路問還要走多久才有動物。近午的日照閃耀，點綴著深色的針葉樹叢有著光亮的對比，我

## 不要客氣 去大人的美術館

*東京都庭園美術館*

很喜歡在目的地前有一段小路，很像抵達寺廟正宮之前，那道碎石子鋪成的路，要人慢慢走，走到心定，有足夠的空隙和安靜，來抵達，減輕那麼強烈作為「目的」的意圖。

館內正在展出Art Deco時期的居家樣貌，正在討論新家裝潢的我，看得動心，面對到二樓就有點不耐的小實，負重抱著也要細細看完。不是她有耐心或是我會說明，我發現家的主題是不分年紀都有的共鳴，我跟她說這是畫裡姊姊的房間、她穿的睡衣、她的書桌化妝鏡、她的媽媽。物件有了生命的想像，小實變成在看故事，就有好奇跟我一起看下去，去看她的爸爸、看她家的客廳。

然後下樓，使用她在日本最喜歡的廁所，不只有換便的平台，還有嬰兒等待座。

在兩個館之間的連接處跑來跑去，光照進玻璃上貼著的圓形卡典西德，

走過去我們都成了草間彌生。她終於可以奔跑了，旁邊草坪上有一個趴坐的雕像，看不清楚是什麼動物，就進去別館的一樓買紀念品、跟餐廳點餐，天氣還是冷，還是選擇坐戶外，這樣就能從適切的角度看到趴坐在那裡的是獅子而不是狗狗。找到正確答案的她很快樂，剛剛看展快樂的是我，現在笑著奔跑的是她，比較幸福的是我，被她的情緒渲染又再快樂一遍。

曾經我覺得可以帶著孩子去任何喜歡的地方，這是沒有顧及她的生理發展所任性的想望。成為她媽媽的這兩年，我逐漸不再為捨棄而感到委屈，不能把展看個仔細、沒有了夜晚的生活都沒有關係。因為成長初期的我們是共同體，要學會步伐不同地共同去經驗，那些生命很難因而淬煉的感觸。

吃完飯才想到本館的門口有個「Welcome Room」，是朋友特別推薦帶小孩去「玩味」的建築之處。

怎麼玩，（1）向工作人員索取一個「勞作工具」紙盒，裡頭有剪刀、色筆、口紅膠和白紙，可以搭配館內的色紙、雕刻建築造型的墊板（拓印）使用。（2）沒有興趣著墨的小孩，也可以把玩建材做成的小方塊，小實過去當成積木使用堆高高。（3）玩膩了還有繪本可以看。我好喜歡這個如別冊般存在的小房間，以童心的方式詮釋這棟建築，以welcome之名為小孩行前導覽。

這是單身的我不會前來的領域，現在對這樣的用心感謝，一個美術館如何保持其獻給大人視角的專業，又照顧到小孩的遊戲需求呢？東京都庭園美術館外有腹地遼闊的西式與日式庭院，小實是跑不動了，可是我看見大人就著樹坐下的樣子很愜意，也好多人來這裡僅僅是散步而已。許願下次和咚一起來野餐，在樹下把看完展的小實哄睡著。

**港区　東京都庭園美術館**⇨東京都港区白金台5-21-9

## 獻給家庭的情詩

*井之頭自然文化園*

東京行中，小實回顧率最高的就是井之頭自然文化園，會把動物和遊樂設施一起想念，而這裡也是榮獲做為爸媽的我們喜愛，不以親子感為重而遷就小孩的地方，大人也有同頻的快樂，堪稱獻給家庭的情詩。位在小店林立而有個性的吉祥寺，園區含括動物園與遊樂園，是過上半天舒服的規模，走起來像在散步。我喜歡它以公園為基底賦予人們觀看與享受的各種可能，動物既是目的，但園區內同樣具童心的建設，波浪狀的屋頂、玩具式的洗手台也讓觀看變得有趣。

在一世紀前，為了還只是「東京區」的發展，有著井之頭池的這塊土地成為了日本第一個郊外公園，也是日本第一個收到皇室御賜的公園，名為「井之頭恩賜公園」。以休閒為目的，現在大家腳踩天鵝船看櫻花的池，過去可是天然的游泳池，而作為文化園的園區，一開始則為井之頭學校，同樣以獻給小孩為目的。一開始的規模設定為上野動物園，但興建之時日本正在進行人類史上最大的戰爭，因此有了現在相對迷你的尺度。

特意選在週末去，到現在還是覺得是很好的決定，我們從出車站就像在見習，很難得見到日本人推推車直下手扶梯，跟著推車們在飯糰店排隊，看來大家都是臨時才為野餐做準備嘛，本來還沒決定買什麼的心，見到同為推車道中人也在抱佛腳就安心。

從南口走路約十分鐘的路程，有許多小路可以亂鑽，我們來了兩次，記取的教訓是不要太分心，因為要把上半天的精力留給園區，等小孩睡倒，就有

機會好好在下半天往北口琳琅滿目的店家逛去，所以只買了麵包餐酒館Boulangerie Bistro EPEE的麵包隨行。快要抵達的畫面是高聳入天的樹木迎接，園區還在對面，以地景來做好心理準備。我們很喜歡那段路，還有那座與樹比鄰的天橋。很快就看到週末的排隊人潮，和停滿著親子腳踏車的門口，竟升起一種，歸屬感。

對於動物園的存在還是有疑慮，這裡園區的尺度較小，所展示的動物體積相對小，最大的代表——大象花子，已經在多年前死去，園區空留著紀念牠過去居住的場域，佈滿照片和遺物，小實對死去的大象耿耿於懷，縈繞在她的話語，頻頻問：「大象為什麼死掉了？」生死教育總是來得措手不及，想著用什麼和她說明，就此成為了她看待死亡的道理，「生活很久，

死掉了。」

對井之頭的喜歡是邊走邊累積的，別於大型動物園討好小孩的速食餐點，販售部的蕃茄飯便當做成一個大象的臉，就夠感到用心。更不用說差點失心瘋買下的動物娃娃們，我喜歡它將不那麼熱門的動物也納入製作！

行程收尾在復古味十足的遊樂設施，投幣換整理券，排隊等待的時間選擇要坐上哪隻動物，小實回來在《瑪德琳與吉普賽馬戲團》唸到自己的感覺：「上上又下下，下下右上上，一圈又一圈，大喊著『克拉芙老師，還要！』」我也覺得坐在遊樂設施的時間過得飛快，在這裡全家人的年齡是共頻的，被快樂牽著走。

而對父母最幸福的莫過於，推車上的孩子已經睡倒，我們還有大半天的時間開始大人的行程。

**武藏野　井之頭自然文化園**⇨東京都武藏野市御殿山1-17-6

出口
入口

情侶時期聽爬山的朋友推薦，一個小時的車程搖搖晃晃地坐到了高尾山。選了較為輕鬆的路線，沒有爬山習慣的我們，步伐悠閒，抱著走不到終點也沒關係的共識走下去，滿路都是張望。

對高尾山的印象定格在一個畫面，那是走到近山頂時，突然沒有人煙，林蔭茂密了起來，正午的光線灑落在泥地，成一個個錯落的光點，日文用了「木漏れ日」這樣美的詞定義。那時的我們有用不完的時間，以為人生會這樣一直走下去，直到生了小孩——告別悠閒的路徑，時間的刻度突然變得好細，細切出一個嬰兒的作息、生理習性和脾氣，自此要精打細算才能一起走下去。

算好去程把晚點的午覺睡掉；算好抵達車站的時間，要轉接駁巴士吃預約的午餐；算好纜車上山就下來，不要貪圖爬山眺望；算好就去博物館，再去泡湯。

## 把身體交出去的時候我們一樣

*高尾山*

情侶時期的我們爬上山，隨興所至、累了就乘纜車下山，在雙腳懸空，座位上沒有安全措施的路程上，有兩顆心緊緊相依的緊張，眼睛要看向很遠之後，才能因遼闊而放鬆，那是身體最接近飛的感受，像她愛的琪琪雙腳一蹬就翱翔天際。我已經看過山頂的風景了，生而為母的經歷成了不去也無妨的寬心，我知道她還在用身體感受世界，要是能與她小小的身體一起低空飛行，那會留成身體的記憶。

小孩的反應這回事，可以憑經驗預料但並總是鐵口直斷。小實在高雄一個百貨屋頂的遊樂園體驗過飛行的器材，飛在可以眺望城市的高度，媽媽我嚇得抓緊小孩但是閉起眼睛，她卻在停駛後還要再一遍。她給我一種喜歡把自己拋出去的感覺，我們很期待和她一起坐纜車。

一直走到纜車口有大型看板，我才開始打預防針說：等下要坐那個喔。

高尾山

將推車塞進置物櫃，抱著實走一段陡峭的樓梯到乘車處，都不算困難，纜車的行徑有固定的節奏，不會因有小孩而放慢，因此要跳上車那段我覺得最沒有把握，好險的是，工作人員一個跨步就將小實抱上座，在無能演練、呼吸還不順之際就開始上山了。

小實有緊張嗎？路程會可怕嗎？我一直問她，她都不說話，繃著一張臉，像在百貨頂樓的遊樂設施上一樣。我們後來發現這是她很專心在感受時的模樣，在聽新的故事的時候、在被新事物征服的時候，顏面神經都不先表態的。

坐到身體逐漸放鬆下來的時候，我突然就，熱淚盈眶，心裡的觸動推著眼淚要流下來。

意識到我們帶著小孩，正在重溫我們的回憶，像她看媽媽愛的書、聽爸爸愛的音樂、跟著我們踏上一段又一段的旅程，孩子的世界觀是爸媽所建

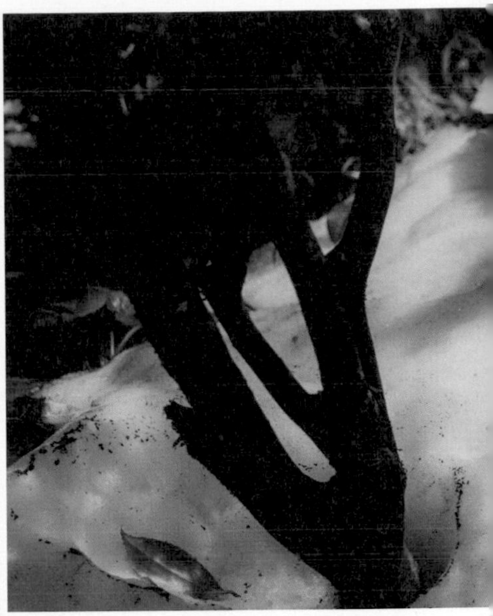

構的，我多希望她有自己，可是她在這個階段，是我們的延續。

回憶因為有了她而變得不一樣了，下了纜車，實就想休息，我們坐在石椅上喝水、看山下的風景，氣溫還不是太舒服，要走到有陽光照射的地方，才有溫暖，我們半哄半推就地帶著實走一小段上坡的路，想去更遼闊的地方看看。只到販賣部就決定回程，很短暫地重溫曾經走過的路，有一種今昔比對的感受，不能再往前走了，我們就要下山了。

是該下山，卻還是趕不上高尾山博物館的時間，小實的敗興，很快就因博物館旁的溜滑梯而開心。

拄著路上撿到的樹枝做登山杖，走去極樂湯泡湯，經過一整天的疲憊，熱湯的療癒彷彿也加倍，拖著溫熱的身體上電車的我們，一開動就睡著。把身體交出去的我們，沒有爸爸媽媽和小孩之分，都是一樣的。

**京王高尾山溫泉　極樂湯**⇨東京都八王子市高尾町2229-7

在台灣時，我們常經過一家老照相館，櫥窗展示著許多人的紀念照。以前沒有什麼感覺，小實出生之後我們竟有了去拍紀念照的念頭，問了相館老闆，設備和燈光都只足夠拍證件照，不再提供全身、有那個時代復古背景的紀念照。去東京之前，叮咚向攝影師朋友打聽了提供老式寫真服務的相館，一方面好奇老派攝影師的工作方式，一方面也想為小實兩歲留念。

但是，想玩想逛的行程排得很滿，我一直提不起勁去拍，拖到前幾天才請朋友電話預約，約在起床之後的行程，在中野站，一間位在住宅一樓的相館，沒有對外玻璃窗，住宅式的大門，要是沒有預約肯定不敢入內。打開門迎接的是一對很有元氣的老夫妻，親切的招呼很快弭平語言不通的間隙。

從接待的門口確認完拍攝張數和細節，拉開門簾就進到攝影棚，深玫瑰色的背景顯現出了時代的氣質，大家的紀

## 我們是什麼樣的家庭？

*大石家庭寫真館*

念照一幅幅裱了框高掛在牆上，有個人寫真、全家福和小孩七五三節的紀念照，妝容和質地都有著歷久彌新的魅力。

上次為小實拍證件照的經驗相當糟糕，怎麼使勁誘惑就是沒辦法看向鏡頭，這次也存在著這個隱憂。

不過，攝影師爺爺可是有固定為幼稚園拍紀念照的實力，太太首先就抱出了一箱！整整一大箱絨毛玩具，小實理所當然地見獵心喜，玩心很快就融化一地，趴在地上不停變心，而我，竟然也淪陷，不存在於市面上的老娃娃，沒有過時的可愛，喜歡到馬上搜尋了NISSAN的吉祥物娃娃，二手網站還有，媽媽就是連攝影棚都能購物。小實就這樣抱住了長毛的海獺入鏡，更厲害的是發出各種新奇聲音的攝影師夫妻，還有鏡頭旁專用的各種吸睛玩具，太令人放心的拍攝功力了，連算是對拍小孩擅長的叮咚都嘖嘖稱奇！

FUJITSU

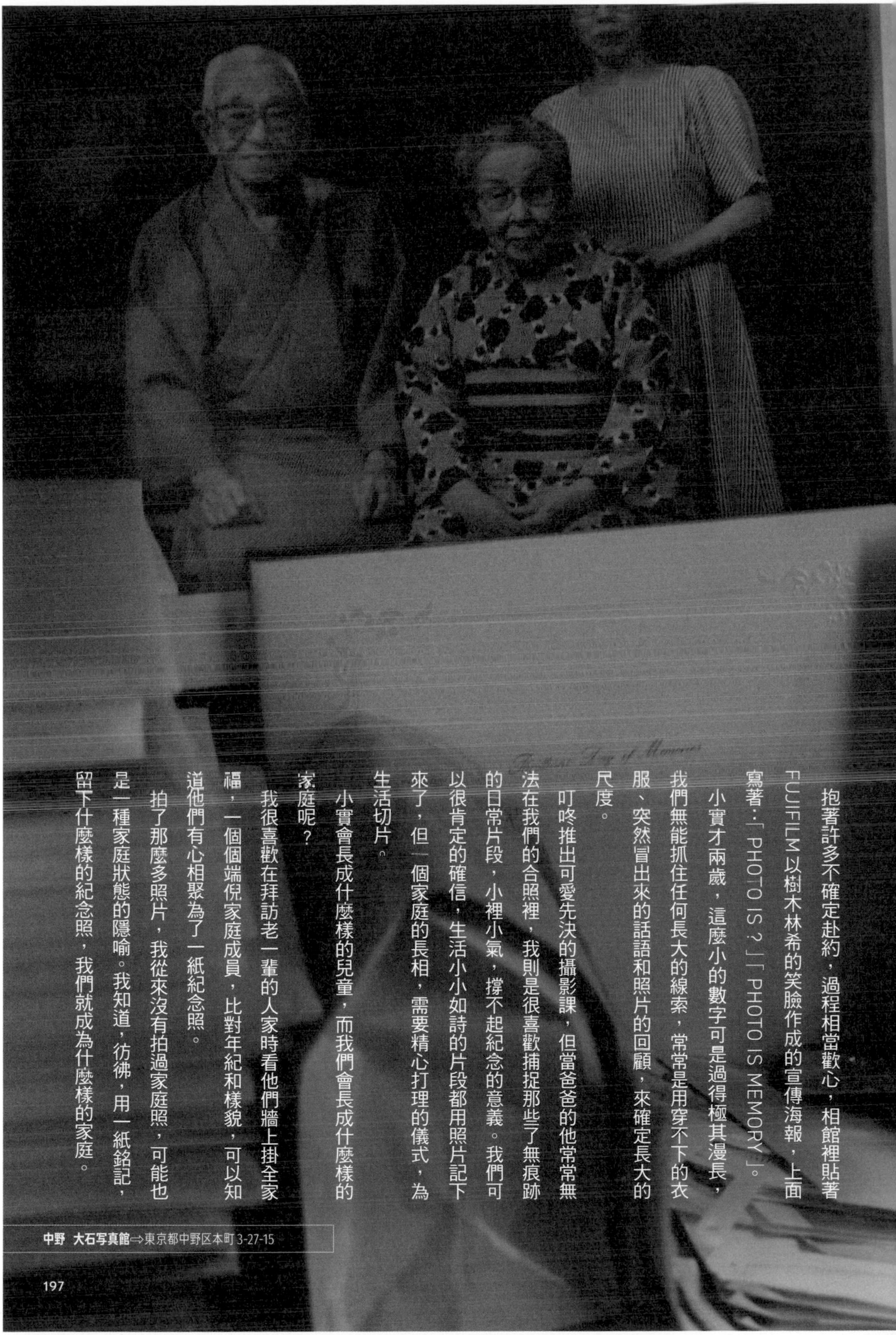

抱著許多不確定赴約，過程相當歡心，相館裡貼著FUJIFILM以樹木林希的笑臉作成的宣傳海報，上面寫著：「PHOTO IS？」「PHOTO IS MEMORY」。

小實才兩歲，這麼小的數字可是過得極其漫長，我們無能抓住任何長大的線索，常常是用穿不下的衣服、突然冒出來的話語和照片的回顧，來確定長大的尺度。

叮咚推出可愛先決的攝影課，但當爸爸的他常常無法在我們的合照裡，我則是很喜歡捕捉那些了無痕跡的日常片段，小裡小氣，撐不起紀念的意義。我們可以很肯定的確信，生活小小如詩的片段都用照片記下來了，但一個家庭的長相，需要精心打理的儀式，為生活切片。

小實會長成什麼樣的兒童，而我們會長成什麼樣的家庭呢？

我很喜歡在拜訪老一輩的人家時看他們牆上掛全家福，一個個端倪家庭成員，比對年紀和樣貌，可以知道他們有心相聚為了一紙紀念照。

拍了那麼多照片，我從來沒有拍過家庭照，可能也是一種家庭狀態的隱喻。我知道，彷彿，用一紙銘記，留下什麼樣的紀念照，我們就成為什麼樣的家庭。

**中野 大石写真館**⇨東京都中野区本町3-27-15

M